CB055715

H. P. LOVECRAFT

CONTOS · VOLUME I

H. P. LOVECRAFT

CONTOS · VOLUME I

MARTIN CLARET

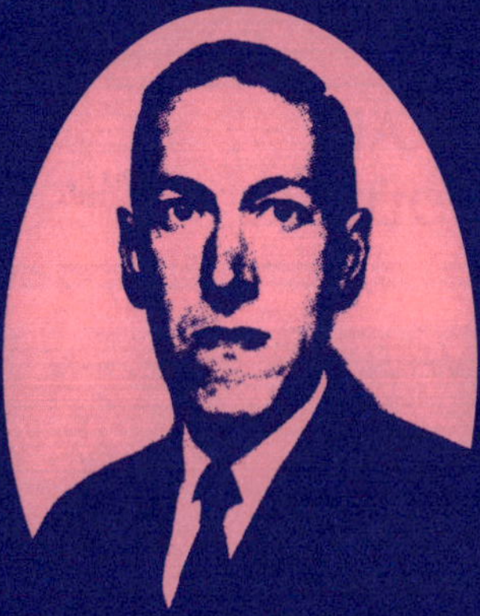

SUMÁRIO

E se...? H. P. Lovecraft no século XXI — 7

H. P. LOVECRAFT · CONTOS VOLUME I

A FERA NA CAVERNA	19
A RUA	31
O QUE VEM DA LUA	43
O PERVERSO CLÉRIGO	48
ELE	59
AR FRIO	79
OS RATOS NAS PAREDES	95
O MODELO PICKMAN	128
A GRAVURA DA CASA MALDITA	153
HERBERT WEST – REANIMADOR	169

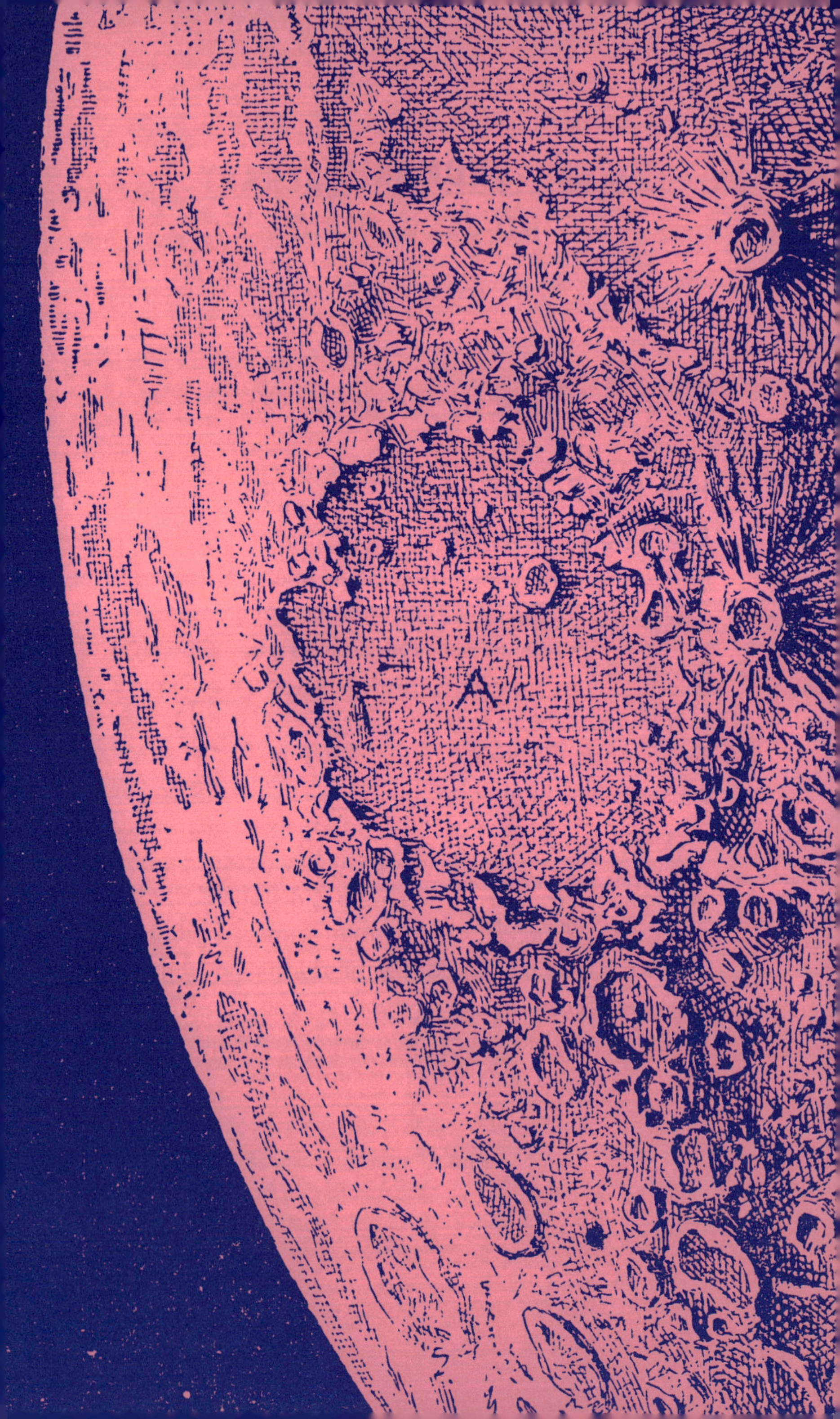

E SE...? H. P. LOVECRAFT NO SÉCULO XXI

LENITA ESTEVES*

Quem navega pela Internet e aprecia assuntos ligados ao sobrenatural, ao estranho, ao bizarro e mesmo ao horror com certeza saberá que H. P. Lovecraft (1890-1937) é um autor que interessa a muitos leitores. Em 2017 faz oitenta anos que ele morreu, e é possível colocá-lo entre aqueles escritores que, se em sua época tiveram um número reduzido de leitores, vêm ganhando cada vez mais fãs com o passar do tempo.

Alguns classificam Lovecraft como a matriz do "horror americano". Monstros, zumbis, bruxas e animais ameaçadores vêm se unir a seres de lugares incógnitos, que viajam no espaço e no tempo e, de uma forma ou de outra, estabelecem um contato com a Terra e os humanos. Ele é um escritor que hibridiza num conjunto de obras a ficção científica e o horror, pendendo ora mais para um lado, ora mais para o outro, mas muitas vezes colocando essas duas tendências em contato.

---

* Lenita Esteves é professora e pesquisadora na área de tradução, vinculada ao Departamento de Letras Modernas, FFLCH – USP. Também atua como tradutora profissional, trabalhando junto a editoras há mais de 20 anos.

Tanto o gênero ficção científica quando o gênero horror partem de uma indagação: "E se...?". E se houver outros seres no universo, em planetas próximos ou remotos? E se for possível ressuscitar um ser humano? E se for possível que os mortos entrem em contato conosco? E se houver seres na Terra que não são do nosso mundo?

O leitor aficionado desses dois gêneros se permite aventar essa hipótese, entrar na fantasia e se maravilhar ou se apavorar com o mundo bizarro ou sobrenatural que o autor oferece. E Lovecraft tem muito a oferecer nesses termos. Em muitas histórias há maldições que deveriam ser esquecidas ou permanecer dormentes, mas acontece algo (pode ser um personagem curioso ou uma circunstância inesperada) que coloca o horror em ação. Também pode ser que a história seja narrada por um personagem que teve contato com o agente desencadeante do horror, tendo-se tornado uma espécie de assistente ou discípulo devotado dessa pessoa, que em geral tem uma respeitável bagagem científica ou histórica. Esse discípulo é atraído pela personalidade, pela erudição ou pelo talento de seu mestre e por pouco escapa da destruição e por isso tem condições de contar a história.

Para quem já entrou em contato com suas obras antes, não é novidade que Lovecraft criou uma universidade, que tem o nome de um rio e que se localiza numa cidade do Condado de Essex. Trata-se da Universidade Miskatonic, que foi batizada com o nome do Rio Miskatonic, e que se situa em Arkham. Muitos consideram que o modelo para a universidade seria a Harvard University, uma das mais prestigiadas do mundo. Criando essas instituições e lugares fictícios, Lovecraft se safou de possíveis críticas e aborrecimentos. Os eruditos da Miskatonic muitas vezes se metem em encrencas, mas, como a universidade é imaginária, tudo fica no campo da fantasia. Existe também o *Necronomicon*, uma obra de magia escrita pelo "louco árabe" Abdul Alhazred. Na época de Lovecraft, muitos julgaram que esse livro realmente existia, e vários livreiros receberam encomendas dele. Não faltaram espertinhos que alimentaram a crença e o citaram em listas de livros raros.

Em contrapartida, um aspecto de Lovecraft que talvez seja menos conhecido é que ele cita obras e personagens reais e os mistura com os elementos fictícios em suas histórias. Por exemplo, em dois contos deste volume aparece o personagem Cotton Mather, que está relacionado à grande caça às bruxas de Salém, mas que além disso foi um ministro puritano que teve influência política e científica. Lovecraft não parece muito favorável a Mather, e alguns de seus personagens são francamente contra seus métodos. No conto "A gravura da casa maldita", há um livro que é fundamental para o desenrolar do enredo, e esse livro, ao contrário do *Necronomicon*, realmente existe e pode ser acessado pela Internet. Trata-se da obra *Regnum Congo*, do italiano Filippo Pigafetta e ilustrada pelos irmãos De Bry. Essa mescla de realidade e ficção acaba gerando um efeito maior de verossimilhança, dando mais força à hipótese do "E se...?".

Entre os personagens de Lovecraft há aqueles que acreditam que as coisas antigas guardam segredos apavorantes. Um poço no porão de uma casa muito velha pode ser um ponto de contato com o inominável. Assim, as partes mais antigas da cidade, que as pessoas distintas e de posse ignoram, podem ser uma fonte de novidade e espanto. Na opinião de alguns personagens, esses lugares são muito mais ricos e atraentes justamente porque têm uma memória longa que impregna suas ruas, seus prédios e jardins. Veja-se, por exemplo, esta fala do pintor Pickman:

> O lugar para um artista viver é o North End. Se algum esteta fosse sincero, ele se acostumaria com os distritos pobres em nome das tradições acumuladas. Por Deus, homem! Você não percebe que lugares desse tipo não foram simplesmente *feitos*, mas *cresceram* por si? Sucessivas gerações viveram e sentiram e morreram ali, e isso nos dias em que as pessoas não tinham medo de viver e sentir e morrer. ("O modelo de Pickman", p. 136)

Para Pickman, os antigos tinham uma vida mais interessante porque não eram nem simplórios, nem medrosos. Segundo esse personagem, "as pessoas sabiam como viver e como expandir os limites da vida nos velhos tempos!" ("O modelo de Pickman", p. 137). Personagens como ele têm um toque sedutor. Ele parece ter uma visão de mundo mais ampla do que a das pessoas comuns, mas chegar perto dele pode ser realmente perigoso.

Outro aspecto de Lovecraft que merece ser comentado é o fato de ele, mesmo sendo muito conservador em vários aspectos (e voltaremos a esse ponto logo adiante), se mostrar, em várias histórias, contra o obscurantismo, contra a religiosidade doentia e contra a tacanhice de certas condutas ou pensamentos. Veja-se este trecho de

"Herbert West — Reanimador". Aqui, o narrador fala como West não tinha paciência com os conservadores e faz uma boa descrição do "Professor Doutor", um tipo de acadêmico respeitável, mas que tem, segundo West, uma perspectiva muito limitada:

> Apenas a maior maturidade pôde ajudá-lo [West] a entender as limitações mentais crônicas do tipo "Professor Doutor" — produto de gerações de puritanismo patético; amável, consciencioso e algumas vezes gentil e amigável, mas sempre de mente estreita e intolerante, escravo dos costumes e sem perspectiva. A idade é mais caridosa para com esses personagens que, apesar de sua alma elevada, são incompletos, cujo pior vício é a timidez, e que são enfim ridicularizados por todos em virtude de seus pecados intelectuais — pecados, como o ptolemaísmo, o calvinismo, o antidarwinismo, o antinietzscheanismo e todo tipo de sabatismo e legislação suntuária. ("Herbert West — Reanimador", p. 181).

Para alguém que viveu na primeira metade do século XX e que é em geral considerado um extremo conservador, é notável que Lovecraft classifique como "pecados intelectuais" posicionamentos contra Darwin e Nietzsche. Apesar disso, em outros aspectos ele se mostra abertamente contra os imigrantes e os negros, além de dar pouquíssimo espaço para as mulheres em suas obras.

Mencionou-se anteriormente que Lovecraft é considerado por alguns como "a matriz do horror americano moderno". De fato, há muito em comum com filmes americanos de terror e a produção de Lovecraft. Tomemos, por exemplo, *O iluminado*, filme lançado em 1980 e baseado na obra homônima (*The Shining*) de Stephen King, um dos mais bem-sucedidos autores de romances de terror da atualidade. A escolha pode se justificar pelo sucesso alcançado pelo filme, que é geralmente classificado como um dos melhores filmes de todos os tempos dentro do gênero. Além disso, King, autor do livro, tem como uma de suas referências ninguém menos que Lovecraft, autor que declarou admirar.

Pois bem: existem diferenças estruturais que se originam do próprio meio de expressão: Lovecraft tinha ao seu alcance apenas as palavras para criar a atmosfera de pavor pretendida. O diretor Stanley Kubrick pôde se valer dos poderosos efeitos da música de fundo e, obviamente, das imagens propriamente ditas, com cores e efeitos especiais (que, apesar disso, não se comparam com os efeitos especiais de hoje em dia, quase quarenta anos após o lançamento do filme).

Apesar de toda essa distância entre as obras de Lovecraft e um filme como *O iluminado*, são notáveis as semelhanças: em primeiro lugar, há muito sangue. Se Edgar Allan Poe, autor que Lovecraft cultuava, criou um terror "limpo" ou "seco", que não se banhava em sangue, Lovecraft se valeu desse elemento em suas histórias, assim como fez Stanley Kubrick no filme.

Em termos de recursos narrativos, são muito frequentes em Lovecraft indivíduos que são mais sensíveis aos fenômenos sobrenaturais. Eles veem o que os outros não podem ver e têm sonhos premonitórios ou que recuperam acontecimentos passados, anunciando que um grande mal deve eclodir em breve. No caso do filme, esses personagens são os "iluminados": o pequeno Danny, o chefe de cozinha Dick Halloran e o próprio personagem principal, Jack, interpretado por Jack Nicholson.

O Hotel Overlook, onde se passa o filme, é envolvido por uma história macabra de assassinato em família, e a grande ameaça é de que as forças malignas envolvidas nessa tragédia retornem e tomem conta da realidade atual. O canibalismo, tema tão frequente nas histórias lovecraftianas, é mencionado em *O iluminado* em referência à Caravana Donner, um grupo de pioneiros que partiu em direção à Califórnia no século XIX e se viu obrigado a recorrer a essa prática para sobreviver. O tema de um antigo cemitério sobre o qual se construiu algum edifício está presente em Lovecraft. No caso do filme, um elemento semelhante é um cemitério indígena sobre o qual se erigiu o Hotel Overlook. Com relação a esse detalhe, não há consequências diretas no filme (por exemplo, os indígenas não voltam para se vingar do homem branco), mas esses elementos ajudam o espectador a se envolver com a possibilidade do "E se...?".

Lovecraft usa com certa frequência o termo *nigger* em seus contos. Essa palavra, ao longo dos anos, vem assumindo uma acepção cada vez mais ofensiva, o que acabou levando à criação do termo *N-word*, uma espécie de eufemismo que a substitui quando se quer evitá-la. Em *O iluminado* o termo aparece três vezes, em referência ao chefe de cozinha do hotel, que foi contatado telepaticamente pelo menino Danny. O termo *nigger*, que nos dias atuais nos Estados Unidos é considerado uma ofensa racista, talvez não fosse necessariamente pejorativo na época de Lovecraft, e é provável que causasse menos escândalo na época do lançamento do filme. Termos assim, que mudam de valor ao longo do tempo, podem trazer problemas para o tradutor, e a esse assunto nos voltamos agora.

PELA ÉTICA DO AMORTECIMENTO

Não é segredo que Lovecraft faz em sua obra manifestações racistas e xenofóbicas. Os estrangeiros e especificamente os negros são considerados por ele seres inferiores e identificados com todos os clichês mais desgastados que lhes são atribuídos: o pouco desenvolvimento mental, a sensualidade, a tendência à superstição e a sua proximidade com animais inferiores. Não é difícil perceber o mecanismo da intolerância. Em geral, o que de alguma forma se diferencia do que é de nosso costume e causa estranheza pode provocar medo ou aversão, uma reação defensiva que economiza um trabalho de compreensão e adaptação. Não conheço, não entendo, não gosto, evito, odeio.

O principal componente de uma história de terror é o medo. Se o leitor não se contamina com o medo, a história não é eficaz: pode talvez produzir um efeito de comédia, mas não é uma boa história de terror. O medo tem várias causas, entre elas o desconhecido. Na dimensão do "E se...?", tudo é possível: uma beleza extraordinária, uma organização social diferente, um deslocamento no tempo e no espaço que no mundo real ainda não é possível, o horrível, o macabro e a destruição. A atmosfera do horror muitas vezes se cria pelo medo do que não se conhece. Compreende-se, portanto, que Lovecraft muitas vezes tenha se valido de uma aversão ao desconhecido (quem são esses forasteiros, que vieram de lugares que não conheço e lá provavelmente praticavam coisas inomináveis?) que já vinha sendo alimentada desde muito tempo, e teve seu grande desabrochar quando o terceiro mundo começou a ser explorado, dominado e dizimado pelos senhores da Terra.

O terror e o maravilhamento provavelmente são as primeiras reações diante do diferente e do alternativo. Essa resposta é instintiva e ocorre ainda nos dias atuais, em que não faltam nem hostilidade, nem intolerância. Lovecraft pode ser considerado "fruto de sua época": num país que até várias décadas depois de sua morte ainda tinha leis de segregação racial, não é de admirar que na década de 1920 ele manifestasse, sem pejo algum, sua hostilidade pelos estrangeiros e sua aversão aos negros.

É possível entender, mas será preciso aceitar? Continuar publicando obras que veiculam esses sentimentos negativos não seria um modo de, mesmo que de forma não deliberada, preservar esse tipo de postura? O que fazer com uma literatura que agrada ao público, mas, ao mesmo tempo, pode ser ofensiva a uma proposta moderna de convivência social?

Traduzir uma frase ou uma expressão ofensiva pode "doer". Por mais que o tradutor julgue ser apenas um veículo, por mais que não se identifique com o autor e consiga se "descolar" dele, não se julgando responsável pelo que traduz, as coisas têm um limite. Há conteúdos que um profissional talvez não aceitasse traduzir, simplesmente porque ferem seus princípios de convivência e cidadania.

Mas então, proibindo as manifestações de intolerância, não estaremos também privando um público leitor de fruir as obras que estima? A liberdade de expressão não é um dos valores defendidos em nossa sociedade? Se Lovecraft não seria punido na época em que viveu, por que vamos puni-lo agora? A equação não é simples, mas podemos tentar encontrar um caminho intermediário. Discutir o assunto já é uma atitude positiva.

Em alguns contos deste volume, foi utilizada, após um acordo com os editores, uma técnica de "amortecimento": basicamente, os traços de alguns personagens que causam medo foram retirados quando se referiam a alguma manifestação racista do autor. Um personagem negro em "Herbert West" perdeu as características que o assemelhavam a um símio, ao mesmo tempo que ganhou adjetivos elogiosos. Apesar disso, continuou assustador. Obviamente essa intervenção não será aceita por todos os leitores. Alguns poderiam argumentar que não se pode deturpar o que um autor concebeu.

Outros, porém, poderão recebê-la de forma positiva, como um posicionamento em prol de uma convivência mais amigável entre as pessoas. De qualquer forma, é preciso salientar que as coisas não se resolvem com tanta facilidade assim. Há passagens que não permitem uma interferência sem que se altere substancialmente seu teor. Assim, embora tenham sido feitas algumas mudanças nesse sentido, os leitores ainda poderão encontrar, entre os contos aqui apresentados, manifestações de hostilidade ao que o autor considerava diferente de si mesmo.

O amortecimento não é uma solução mágica, uma resposta salvadora aos conflitos enfrentados pelo tradutor, embora seja uma tentativa de lidar com eles de uma forma criativa e até inovadora. Pode ser considerado um tipo de censura, mas em alguns casos, censurar, ou pelo menos amortecer, apresenta-se como um caminho mais viável e menos agressivo.

ALGUMAS MUDANÇAS ESTRUTURAIS

Resta ainda esclarecer que, no caso do conto estendido ou novela "Herbert West — Reanimador", foi realizada uma mudança na estrutura do texto. Originalmente, essa obra veio a público numa publicação amadora intitulada *Home Brew*, que a apresentou de forma seriada, entre fevereiro e julho de 1922, em seis partes, às quais correspondem as seis subdivisões do texto.

Para garantir a adesão de leitores que não tivessem lido as partes anteriores, Lovecraft retoma os acontecimentos anteriores a partir da segunda parte, e vai fazendo isso cumulativamente. Resulta dessa estratégia — que é muito eficaz para uma publicação seriada — um efeito repetitivo que poderá ser tedioso para o leitor que tem nas mãos o texto completo.

Assim, o texto sofreu alguns cortes cirúrgicos nos pontos em que as repetições se davam, sempre com o cuidado, também cirúrgico, de não criar passagens abruptas nem subtrair do texto informações relevantes. Foi uma adaptação do formato "série" para o formato "livro", que em nada prejudica o leitor dos dias de hoje.

A FERA NA CAVERNA

TRADUÇÃO:
VILMA MARIA DA SILVA

A CONCLUSÃO HORRÍVEL que se insinuava gradualmente em minha mente confusa e relutante era, agora, uma terrível certeza. Eu estava perdido, completamente, perdido e desesperançado nos recessos vastos e labirínticos da Caverna Mamute. Por mais que me esforçasse, meus olhos fatigados não conseguiam distinguir nenhuma direção nem divisar objeto algum capaz de me servir como guia para me conduzir ao exterior. Que eu nunca mais pudesse ver a luz abençoada do dia nem contemplar os montes prazerosos e os vales do belo mundo, minha razão não podia alimentar a mais leve dúvida. A esperança tinha me abandonado. Apesar disso, doutrinado como eu era por uma vida de estudos filosóficos, obtive recompensa, não em pequena medida, de minha conduta desapaixonada; pois, embora tivesse lido frequentemente sobre o frenesi selvagem no qual eram lançadas as vítimas em situações semelhantes, não experimentei nada disso, mas me mantive calmo tão logo percebera que tinha perdido completamente o rumo.

Mesmo o pensamento de que eu provavelmente tivesse ido além dos limites de uma inspeção normal, nem por um momento isso me fez perder a calma. Se tenho de morrer, refleti, então essa terrível, porém majestosa, caverna, seria uma sepultura tão hospitaleira quanto aquela que um cemitério qualquer pudesse proporcionar. Um ponto de vista que me trouxe mais tranquilidade que desespero.

A fome me lançaria ao meu destino último; disso eu estava certo. Alguns, eu sabia, tinham enlouquecido em circunstâncias semelhantes, mas pressenti que esse não seria meu fim. Minha desgraça não se devia à culpa de ninguém senão à minha mesmo, uma vez que, sem o conhecimento de meu guia, tinha me separado do grupo de excursionistas; e, vagando por mais de uma hora pelos caminhos proibidos da caverna, me achei incapaz de rememorar a trilha intrincada e tortuosa que eu havia seguido, depois que me afastei de meus companheiros.

Minha tocha já começava a extinguir-se; logo eu seria envolvido pela escuridão total e quase palpável das entranhas da terra. Imerso na luz desvanecente e bruxuleante, inutilmente eu me interrogava sobre as circunstâncias exatas de minha morte próxima. Lembrei-me dos relatos sobre a colônia de tuberculosos que, pela atmosfera aparentemente saudável do mundo subterrâneo, sua temperatura uniforme e estável, seu ar puro e silenciosa quietude, adotaram essa gruta gigantesca como residência para melhorar a saúde. Em vez disso, encontraram a morte de uma forma estranha e horrível. Tinha notado os tristes vestígios de suas tendas rústicas, enquanto passava por elas junto com os excursionistas, e me perguntara que influência anormal uma longa permanência nessa caverna imensa e silenciosa poderia exercer sobre alguém tão saudável e forte como eu.

Agora, dizia com gravidade para mim mesmo, a oportunidade para elucidar essa questão tinha chegado, desde que a falta de comida não me levasse a partir desta vida tão rápido.

Quando o último lume de minha tocha tremulou e se afundou na escuridão, decidi tentar de tudo e não negligenciar nenhum meio possível de me safar; convocando toda força de meus pulmões, iniciei uma série de gritos, na esperança vã de atrair com meu alarido a atenção do guia. Contudo, enquanto eu gritava, no meu íntimo sabia que meus gritos eram inúteis. Minha voz, ampliada e refletida pelas inumeráveis paredes do negro labirinto ao meu redor, não alcançaria os ouvidos de ninguém, exceto os meus próprios. Todavia, minha atenção se deteve quando, de repente, pensei ouvir um som de passos macios que se aproximavam pelo piso rochoso da caverna. Era minha libertação que chegava tão cedo? Então, todas as minhas terríveis apreensões tinham sido inúteis? O guia, tendo notado meu afastamento imprudente do grupo, seguira minha pista, procurando-me nos recessos deste labirinto de pedra? Enquanto essas perguntas felizes surgiam em meu cérebro, estive a ponto de renovar meus gritos para que me achassem mais rápido, mas, num átimo, minha alegria se transformou em pavor diante do que ouvi. Meus ouvidos apurados, naquele momento ainda mais afiados pelo completo silêncio da caverna, abriram o meu entendimento entorpecido para a inesperada e terrível percepção de que aqueles passos não eram de nenhum homem mortal. No silêncio sobrenatural daquelas regiões subterrâneas, o ruído das botas de meu guia teria ressoado como uma série de sons incisivos e ligeiros. Aquelas batidas eram suaves e furtivas, como as passadas surdas de um felino; às vezes, ao ouvi-las cuidadosamente, pareciam-me o som de quatro patas e não de dois pés.

Agora, estava convencido de que meus gritos tinham atraído alguma fera selvagem, talvez um leão da montanha que se perdera acidentalmente na caverna. Talvez, ponderei, o Todo-Poderoso tivesse escolhido uma morte mais rápida e misericordiosa para mim do que a fome. Contudo, o instinto de autopreservação, nunca adormecido inteiramente, despertou em meu peito, e embora salvar-me do perigo iminente pudesse apenas me poupar de um fim mais duro e mais lento, decidi, entretanto, despedir-me da vida pelo preço mais alto que eu pudesse alcançar. Por mais estranho que possa parecer, minha mente não imaginava outra intenção do visitante a não ser a hostilidade. Portanto, fiquei absolutamente quieto na esperança de que a fera desconhecida, perante a falta de um som que a orientasse, perdesse a pista como eu perdera a minha, e assim me ignorasse. Mas essa esperança não estava destinada a cumprir-se, pois os estranhos passos avançavam imperturbáveis. O animal apanhara o meu cheiro que, na atmosfera absolutamente livre de influências concorrentes da atenção, podia, sem dúvida, ser perseguido de uma grande distância.

Percebendo, portanto, que tinha de me preparar para uma defesa às cegas contra um ataque imprevisível, reuni ao meu redor a maior quantidade possível de seixos espalhados por toda parte no piso da caverna e, tomando um em cada mão para uso imediato, esperei, resignado,

A FERA NA CAVERNA

o desfecho inevitável. Entrementes, o ruído terrível das patas se aproxima. Sem dúvida, o comportamento da criatura era excessivamente estranho. Na maior parte do tempo, os passos pareciam os de um quadrúpede que andava com uma singular *falta de sintonia* entre as patas dianteiras e traseiras, embora, em intervalos raros e breves, eu imaginasse que apenas duas patas se ocupavam da locomoção. Perguntei-me que espécie de animal estava prestes a me confrontar. Devia ser, pensei, alguma fera desventurada que, ao investigar uma das entradas da terrível gruta, pagou o preço da sua curiosidade com um encarceramento permanente nos seus recessos intermináveis. Indubitavelmente, seu alimento eram os peixes cegos, morcegos e ratos que ali viviam, como também os peixes comuns que afluíam para os lagos da caverna em comunicação, de alguma forma oculta, com o Rio Verde na ocasião da cheia. Em minha terrível vigilância, ocupei-me com essas hipóteses grotescas sobre as alterações que a vida na caverna pudesse ter causado na estrutura física da fera, recordando-me do aspecto horrível, referido pela tradição local, dos tuberculosos que morriam depois de uma longa permanência na caverna. Então, tremi ao lembrar-me de que, mesmo que tivesse êxito e matasse meu antagonista, *nunca veria sua forma*, uma vez que minha tocha tinha há muito se apagado e eu estava completamente desprovido de fósforos. Achava-me, agora, em um nível de tensão mental tremendo. Minha fantasia desordenada imaginou formas espantosas e horrendas na escuridão sinistra que me cercava e elas pareciam *realmente* comprimir meu corpo. Cada vez mais perto, cada vez mais perto, os temíveis passos se aproximavam. Senti que eu precisava dar vazão a um grito pungente; mas, além de irresoluto o bastante para tentar algo semelhante, minha voz mal corresponderia. Estava petrificado, preso ao chão. Duvidava mesmo que meu braço direito me permitisse atirar o projétil na coisa que se aproximava quando o momento crucial chegasse. Já o *toc toc* constante dos passos estava ao alcance de minhas mãos; já, *muito perto*. Podia ouvir a respiração arfante do animal: estava aterrorizado tanto como eu. Notei que devia ter vindo de uma distância considerável e estava igualmente fatigado. Subitamente, o feitiço se quebrou. A mão direita, guiada por minha audição sempre confiável, atirou a pedra afiada com toda força para o lugar na escuridão de onde provinha a respiração e o som de passos e, maravilhoso de contar, quase alcançou o alvo, pois ouvi a coisa pular para outro ponto mais além, onde pareceu deter-se.

Redirecionei a pontaria e disparei meu segundo projétil, dessa vez mais eficazmente, pois, transbordante de alegria, ouvi a criatura cair de um modo que parecia um colapso completo, evidentemente permanecendo imóvel na mesma posição. Quase esmagado pelo grande alívio que me acorreu, cambaleei de costas até a parede. A respiração perdurava em inspirações e exalações penosas e arfantes, de onde constatei que eu tinha apenas ferido a criatura. Agora, todo o desejo de examinar a *coisa* desaparecera. Por fim, algo associado ao medo supersticioso sem fundamento tinha penetrado em meu cérebro, e não me aproximei do corpo, tampouco continuei a disparar pedras para dar fim completo à sua vida. Em vez disso, disparei, correndo a toda velocidade, tanto quanto pude avaliar em minha exaltada condição, na direção de onde eu tinha vindo. Repentinamente, ouvi um som, ou melhor, uma sucessão uniforme de sons. Em outro momento, reduziram-se a uma série de tinidos agudos e metálicos. Dessa vez, não havia dúvida. *Era o guia*. E então, gritei, berrei, guinchei, até mesmo rugi com alegria quando vi, no teto abobadado da caverna, a refulgência que eu sabia ser o reflexo de uma luz que se aproximava. Corri ao encontro da luz e, antes que pudesse entender completamente o que aconteceu, estava deitado no chão aos pés do guia, abraçado às suas botas, gaguejando — apesar de minha reserva — de um modo sem sentido e de maneira estúpida, despejando minha terrível história e, ao mesmo tempo, esmagando meu ouvinte com protestos de gratidão. Aos poucos, recuperei minha consciência. O guia notara minha ausência depois que o grupo chegara à entrada da caverna e, com seu senso intuitivo de direção, procedeu a uma busca por todo o local, localizando-me nas imediações depois de uma procura de aproximadamente quatro horas.

    Logo depois que ele concluiu seu relato, encorajado por sua tocha e companhia, comecei a refletir sobre a estranha fera que eu tinha ferido a uma pequena distância na escuridão e sugeri que fôssemos averiguar, com a luz da tocha, que tipo de criatura era a minha vítima. Consequentemente, refiz meus passos, dessa vez com a coragem proporcionada pela companhia, até a cena de minha terrível experiência. Logo discernimos um objeto branco sobre o chão, um objeto mais branco até mesmo que as próprias pedras cintilantes. Avançando cautelosamente, demos vasão a um simultâneo grito de espanto, pois de todos os monstros anômalos que nós ambos tínhamos visto em nossa vida, esse era insuperavelmente o mais estranho. Parecia um macaco antropoide de grande proporção que talvez tivesse fugido de algum circo itinerante. O pelo era branco como neve; sem dúvida, resultado da ação branquejante de uma longa existência nos limites escuros da caverna, mas era também surpreendentemente ralo, na verdade muito escasso, salvo na cabeça, onde o tinha abundante e longo, de tal modo que caía sobre os ombros em notável profusão. O rosto estava fora da nossa visão, uma vez que a criatura caíra quase inteiramente de frente. Era muito singular a disposição dos membros, esclarecendo, portanto, a alternância que eu tinha notado em seu movimento, cujo avanço se fazia ora com os quatro, ora apenas com dois. Da ponta dos dedos das mãos e dos pés estendiam-se longas garras iguais a unhas. As mãos e os pés não eram preênseis, uma característica que atribuí à longa permanência na caverna que, como mencionei anteriormente, parecia evidente na brancura completamente entranhada e quase sobrenatural tão característica em toda a sua anatomia. Nada indicava que possuísse cauda.

A respiração estava já muito fraca, e o guia tinha apanhado sua arma com a intenção evidente de pôr fim à sua vida quando um *som* repentino, lançado pela criatura, motivou-lhe a abaixar a arma. O som era de uma natureza difícil de descrever. Não apresentava o traço normal de nenhuma espécie de símios conhecida, e me perguntei se esse caráter antinatural não era o resultado de um silêncio completo e contínuo, quebrado pelas sensações produzidas mediante a presença da luz, algo que a fera possivelmente não tivesse presenciado desde sua entrada na caverna. O som, que eu podia debilmente tentar classificar como um balbucio de tonalidade profunda, prosseguia esmorecido. Por fim, um ímpeto rápido de energia pareceu percorrer o corpo da fera. As patas entraram em convulsão e os membros se contraíram. Com um arranco, o corpo revirou-se e seu rosto voltou-se para nossa direção. Por um momento, fiquei tão tomado de horror mediante o que os olhos assim revelaram que não percebi nada mais. Eram negros aqueles olhos, profundos, preto-azeviche, em pavoroso contraste com os cabelos e o corpo brancos como neve. Como os daqueles outros habitantes de cavernas, eram profundamente encovados nas órbitas e totalmente destituídos de íris. Conforme olhei mais atentamente, vi que estavam assentados em um rosto menos proeminente que o dos macacos comuns e substancialmente mais cabeludo. O nariz era totalmente diferente.

Enquanto fitávamos aquela miragem fantástica apresentada à nossa visão, os lábios espessos da fera se abriram e uma série de *sons* brotaram deles; depois disso, a *coisa* relaxou e morreu.

O guia agarrou-se à manga do meu casaco tremendo de tal modo agitado que a luz tremulava descontroladamente, projetando sombras sinistras nos paredões em volta.

Não me mexi; permaneci rigidamente imóvel, meus olhos horrorizados e fixos no chão diante de mim.

O medo se fora, e o espanto, o temor, a compaixão e a reverência ficaram em seu lugar, pois os *sons* pronunciados pela criatura estendida sobre o chão de pedra nos tinham revelado a apavorante verdade. A criatura que eu tinha matado, a estranha fera da profunda caverna, era, ou tinha sido alguma vez, um homem!!!

A RUA

TRADUÇÃO:
VILMA MARIA DA SILVA

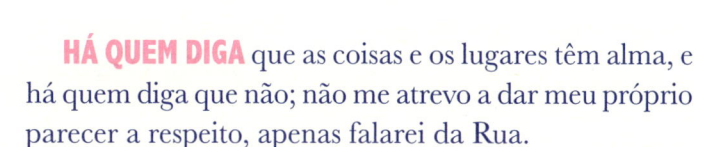

HÁ QUEM DIGA que as coisas e os lugares têm alma, e há quem diga que não; não me atrevo a dar meu próprio parecer a respeito, apenas falarei da Rua.

Homens fortes e honrados construíram aquela Rua; bons, valentes homens de nosso sangue, que vieram das Ilhas Bem-Aventuradas do outro lado do mar. No início, era apenas um caminho que os aguadeiros trilhavam para ir à nascente do bosque trazer água para a vila de casas próximas da praia. Depois, quando mais homens chegaram à crescente vila de casas em busca de lugares para morar, construíram choupanas ao longo do lado norte; choupanas com troncos robustos de carvalho e alvenaria no lado que dava para o bosque, em razão dos muitos índios que ali espreitavam com flechas em chamas. Alguns anos depois, os homens construíram cabanas no lado sul da Rua.

Transitavam pela Rua para cima e para baixo homens graves com chapéus cônicos, que, na maioria das vezes, portavam mosquetes ou armas de caça. Também suas esposas com toucas e filhos comportados. À noite, esses homens sentavam-se com suas mulheres e seus filhos em torno de lareiras gigantescas, liam e conversavam.

Eram muito simples as coisas que liam e falavam; mas lhes inspiravam coragem e bondade e lhes ajudavam a vencer diariamente a floresta e cultivar os campos. Os filhos escutavam e aprendiam sobre as leis e as façanhas dos adultos, como também sobre a amada Inglaterra que nunca tinham visto e dela não podiam se lembrar.

Sobreveio a guerra, e os índios não voltaram a perturbar a Rua. Os homens, ocupados com o trabalho, prosperaram e foram tão felizes quanto sabiam ser. As crianças cresceram confortavelmente e mais famílias chegaram da Terra Natal para viver naquela Rua. Os filhos dos filhos e os filhos dos recém-chegados cresceram. A vila era agora uma cidade e, uma a uma, as cabanas deram lugar a casas; belas casas simples de tijolo e madeira, com degraus de pedra, grades de ferro e bandeira sobre as portas. Não eram criações frágeis essas casas, pois foram construídas para servir a muitas gerações. No interior delas havia lareiras esculpidas e escadas graciosas, mobília de bom gosto e aprazível, porcelana e prata trazidas da Terra Natal.

E assim, a Rua absorveu os sonhos de um povo jovem e alegrou-se quando seus moradores tornaram-se mais refinados e felizes. Ali, onde em outros tempos tinham sido apenas fortes e honrados, agora habitava também o bom gosto e o saber. Livros, pinturas e música chegavam às casas, e os jovens iam para a universidade que se ergueu na planície do norte. No lugar de chapéus cônicos e mosquetes vieram chapéus de três pontas e espadas curtas, laços e perucas. Veio a pavimentação com pedras que tiniam com o trote dos cavalos puro-sangue

A RUA

e ressoavam com as carruagens douradas; calçadas de tijolos com baias e varões para prender os cavalos.

Naquela Rua havia muitas árvores; olmos, carvalhos e bordos nobres; de modo que no verão a paisagem era só verdor suave e cheia de canto dos pássaros. Atrás das casas havia roseirais cercados com trilhas ladeadas de sebes e relógios de sol, onde à noite a lua e as estrelas brilhavam encantadoramente e flores perfumosas cintilavam com o orvalho.

Assim continuou sonhando a Rua, passando por guerras, calamidades e mudanças. Uma vez, a maioria dos jovens partiu, alguns deles nunca retornaram. Foi quando recolheram a Velha Bandeira e hastearam uma nova com Listras e Estrelas. Porém, ainda que os homens falassem de grandes mudanças, a Rua não notou, seu povo continuou o mesmo, falando de coisas familiares antigas com a mesma pronúncia familiar antiga. E as árvores continuaram abrigando os pássaros cantores, e à noite a lua e as estrelas contemplavam as flores orvalhadas nos canteiros de rosas.

Com o tempo, as espadas, os chapéus de três pontas e as perucas desapareceram da Rua. Que estranhos pareciam os habitantes com seus bastões, cabelos curtos e chapéus altos de castor! Novos rumores começaram a chegar de longe — primeiro, estranhos bafejos e gritos vindos do rio a uma milha de distância; depois, muitos anos depois, estranhos bafejos, gritos e estrondos vindos de outras direções. O ar não era tão puro como antes, mas o espírito do lugar não mudou. O sangue e a alma do povo eram como o sangue e a alma dos antepassados que tinham criado a Rua. Tampouco mudou quando abriram a terra para instalar tubos estranhos ou quando levantaram postes altos que sustentavam fios misteriosos. Havia tanto saber antigo naquela Rua que não era fácil esquecer o passado.

 E então vieram dias ruins, quando muitos que conheceram a Rua antiga não a conheciam mais, muitos que a conheciam e não a conheceram antes. E aqueles que vieram nunca foram como aqueles que tinham partido, pois seu modo de falar era áspero e estridente e seu estilo e seus feições eram desagradáveis. Suas ideias também eram contrárias à sabedoria, ao espírito de justiça da Rua, de sorte que a Rua foi amordaçada com o silêncio e suas casas desmoronavam, suas árvores morriam, uma após outra, e seus roseirais ficaram devastados e invadidos por ervas daninhas. Mas um dia ressurgiu um impulso de orgulho quando novamente os jovens marcharam para a guerra, alguns dos quais nunca retornaram. Esses jovens estavam vestidos de azul.

 Com o tempo, a sorte da Rua piorou. Suas árvores já não existiam, e seus canteiros de rosa foram substituídos por paredes traseiras de edifícios baratos e horríveis, construídos em ruas paralelas. Mas as casas sobreviviam, apesar dos estragos do tempo, das tempestades e dos bolores, pois tinham sido construídas para servir a muitas gerações. Novos tipos de rosto apareceram na Rua; rostos morenos, sinistros, com olhos furtivos e feições estranhas, que falavam línguas estranhas e colocavam sinais com letras conhecidas e desconhecidas sobre a maioria das casas velhas. Carroças apinhavam-se nas sarjetas. Um fedor sórdido, indefinível, dominava o lugar, e o antigo espírito adormeceu.

A RUA

Uma vez, a Rua foi tomada de grande agitação. A guerra e a revolução irromperam do outro lado dos mares; uma dinastia tinha caído, e seus súditos degenerados acorreram em bandos com objetivo incerto na direção da Terra Ocidental. Muitos deles se alojaram nas casas desgastadas que uma vez tinham conhecido o canto dos pássaros e o perfume das rosas. Então a Terra do Oeste despertou e se juntou à Terra Natal em seu esforço titânico pela civilização. Sobre as cidades, uma vez mais flamulou a Velha Bandeira, acompanhada pela Nova Bandeira e por uma bandeira tricolor, mais singela, porém gloriosa. Contudo, não tremularam muitas bandeiras na Rua, pois ali só reinava medo e ódio e ignorância. Outra vez os jovens marcharam, mas não como fizeram os jovens de outros tempos. Algo faltava. Os descendentes daqueles jovens de outros tempos, que marcharam com farda verde-oliva verdadeiramente investidos do genuíno espírito de seus antepassados, vieram de lugares distantes e não conheciam a Rua nem seu espírito ancestral.

Para lá dos mares houve uma grande vitória, e em triunfo a maioria dos jovens retornou. Para aqueles a quem tinha faltado algo já nada mais faltava, embora o medo, o ódio e a ignorância ainda reinassem na Rua; pois eram muitos os que haviam ficado para trás e muitos os estrangeiros que tinham vindo de lugares distantes e ocupado as casas antigas. E os jovens que retornaram não habitaram mais nelas. A maioria dos estrangeiros era de pele morena e sinistra, embora entre eles pudesse se achar algumas feições semelhantes às daqueles que criaram a Rua e modelaram seu espírito. Semelhantes e dessemelhantes, pois havia nos olhos de todos um brilho estranho e doentio de ganância, ambição, índole vingativa ou zelo mal direcionado. Agitação e traição expandiam-se entre alguns malvados que tramavam aplicar o golpe mortal na Terra do Oeste para, sobre sua ruína, apoderarem-se de seu governo, como haviam feito os assassinos naquele país desventurado e frio de onde muitos deles vieram. E o centro daquela conspiração estava na Rua, cujas casas decadentes fervilhavam de fomentadores de discórdia e ribombavam com os planos e discursos daqueles que ansiavam a chegada do dia designado para a sangria, o incêndio e o crime.

A lei dissertou muito sobre as muitas reuniões estranhas na Rua, mas pouco pôde provar. Com grande assiduidade, os homens de insígnias ocultas frequentavam e observavam lugares como a Padaria de Petrovitch, a ordinária Escola Rifkin de Economia Moderna, o Clube do Círculo Social e o Café Liberdade. Ali se reuniam em grande número indivíduos sinistros, embora sempre falassem precavidamente ou em língua estrangeira. Permaneciam ainda em pé as velhas casas com sua tradição de séculos esquecida e deixada para trás; séculos mais nobres, de moradores coloniais robustos e jardins com roseiras orvalhadas à luz da lua. Às vezes, um solitário poeta ou viajante vinha contemplá-las e experimentava pintá-las em seu esplendor fugidio, mas não eram muitos esses viajantes e poetas.

Agora se espalhava amplamente o rumor de que aquelas casas abrigavam os líderes de um vasto bando de terroristas, que em data designada estavam para encaminhar um massacre a fim de exterminar a América

A RUA

e todas as tradições antigas e admiráveis que a Rua tinha amado. Panfletos e folhetos espalhavam-se pelas sarjetas sujas; panfletos e folhetos impressos em variadas línguas e caracteres, todos disseminando mensagens de crime e rebelião. Nessas mensagens, o povo era incitado a derrubar as leis e as virtudes que nossos pais tinham exaltado; aniquilar a alma da velha América — a alma que era a herança de mil anos e meio de liberdade anglo-saxã, justiça e moderação. Dizia-se que os homens de pele escura que moravam na Rua e se reuniam em suas casas carcomidas eram a cabeça de uma revolução sangrenta; que, a uma palavra de ordem sua, milhares de bestas desmioladas e aparvalhadas, provenientes dos cortiços imundos de milhares de cidades, estenderiam as garras fedorentas, incendiando, matando e destruindo até aniquilar a terra de nossos pais. Tudo isso era dito e repetido, e muitos esperavam com temor o dia 4 de julho, data que os estranhos escritos muito mencionavam; apesar disso, nada foi achado que identificasse os culpados. Ninguém conseguia saber ao certo a quem devia prender para desarticular a base da odiosa conspiração. Muitas vezes, bandos de policiais fardados de azul foram revistar as casas arruinadas, mas, por fim, deixaram de ir; também eles se cansaram de tentar manter a lei e a ordem e abandonaram a cidade à sua sorte. Então vieram os homens de verde-oliva carregados de mosquetes; até parecia que, em seu sono pesado, a Rua tivesse sonhos fantasmais daqueles antigos dias, quando os homens carregados de mosquete com chapéus cônicos andavam por ela, vindos da fonte na floresta até a vila de casas perto da praia. Contudo, não conseguiram levar a efeito nenhuma ação para deter o iminente cataclismo, pois os homens de pele escura, sinistros, eram veteranos em astúcia.

E assim, a Rua seguia com seu sono inquieto. Até que numa noite, uma grande multidão de homens cujos olhos estavam acesos por um horrível lume de triunfo e expectativa, reuniu-se na Padaria Petrovitch, na Escola Rifkin de Economia Moderna e no Clube do Círculo Social, e em outros lugares também. Circularam por ocultas linhas telegráficas estranhas mensagens, e muito se falou de que mensagens mais estranhas ainda circulariam; mas nada se apurou da maior parte desses acontecimentos estranhos mais tarde, quando a Terra do Oeste foi salva do perigo. Os homens de verde-oliva não conseguiam dizer o que estava acontecendo, nem o que convinha fazer, pois os sinistros homens de cor escura eram hábeis em perspicácia e sabiam se ocultar.

Mas os homens de verde-oliva sempre se lembrarão dessa noite e falarão da Rua quando mencionarem esse acontecimento aos seus netos; pois muitos deles foram enviados pelo amanhecer em missão diferente do que tinham esperado. Soube-se que esse ninho de anarquia era antigo e que as casas estavam decaindo em razão da devastação causada pelo tempo, pelas tempestades e pelos carunchos. Contudo, o que aconteceu nessa noite de verão surpreendeu por sua estranha uniformidade. Foi, com efeito, um acontecimento extraordinariamente único; apesar disso, muito simples afinal. Sem nenhum sinal que alertasse o que estava para vir, numa das primeiras horas da madrugada, todos os estragos do tempo e das tempestades e do caruncho chegaram a um clímax tremendo: veio a queda estrondosa e nada foi deixado de pé na Rua. Apenas restaram duas chaminés antigas e parte de uma sólida parede. Nem vivente algum saiu com vida de suas ruínas.

    Um poeta e um viajante, que vieram com a massiva multidão para ver a cena, contam curiosas histórias. O poeta diz que horas antes do amanhecer notou as ruínas sórdidas, mas indistintamente no clarão da luz elétrica; que ali assomou sobre os escombros outra imagem em que ele pôde distinguir o luar, as belas casas, os olmos, os carvalhos e os bordos nobres. O viajante declara que em vez do mau cheiro habitual reinava um delicado perfume de rosas em completa florescência. Mas não são notoriamente falsos os sonhos dos poetas e os relatos dos viajantes?

    Há quem diga que as coisas e os lugares têm alma, e há quem diga que não; não me atrevo a dar meu próprio parecer a respeito, apenas lhes falei da Rua.

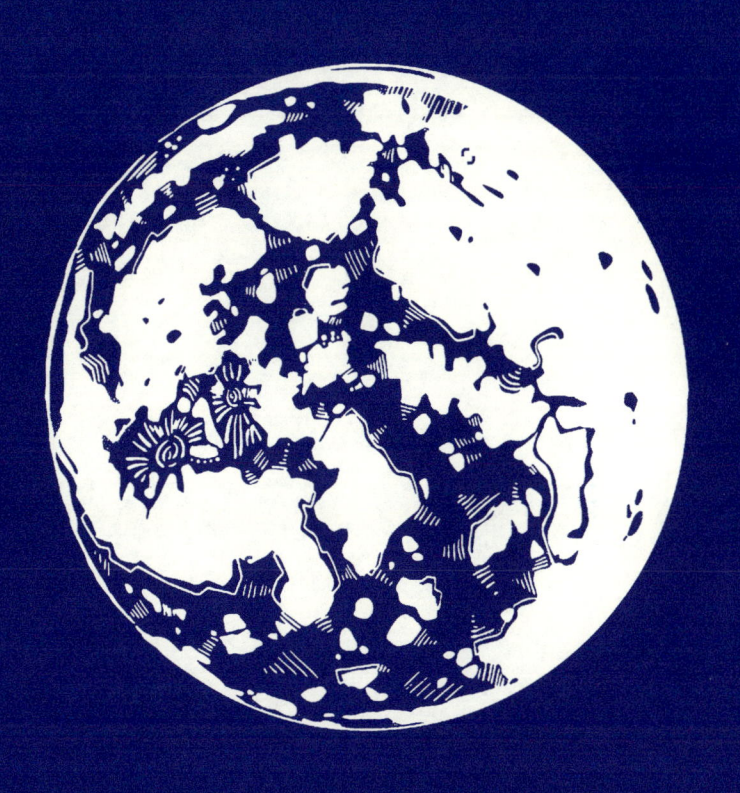

O QUE VEM DA LUA

TRADUÇÃO:
VILMA MARIA DA SILVA

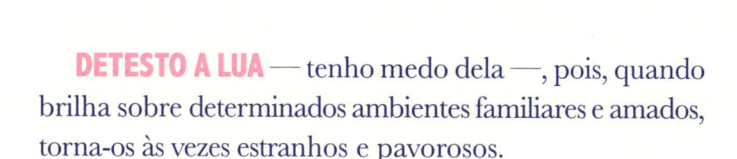

DETESTO A LUA — tenho medo dela —, pois, quando brilha sobre determinados ambientes familiares e amados, torna-os às vezes estranhos e pavorosos.

Foi em um verão espectral, a Lua iluminou um velho jardim por onde eu vagueava; o verão espectral de flores narcóticas e ondas de folhagens úmidas que estimulam sonhos turbulentos e multicoloridos. Enquanto eu andava pela orla de uma correnteza cristalina e rasa, vi uma ondulação incomum despontar com uma luz dourada, como se aquelas águas plácidas estivessem sendo arrastadas por correntes irresistíveis para misteriosos oceanos que não são deste mundo. Silenciosas e cintilantes, luminosas e fatais, aquelas funestas águas enluaradas precipitavam-se não sei para onde; nas margens cobertas de ramagens, flores brancas de lótus agitavam-se uma a uma ao vento noturno embalsamado de ópio e caíam sem esperança na correnteza, levadas em redemoinho sob a ponte arqueada e entalhada, olhando para trás com uma resignação sinistra de semblantes calmos e moribundos.

Enquanto eu percorria a margem, esmagando com pés descuidados as flores dormentes, sempre enlouquecido pelo temor do desconhecido e das armadilhas de rostos mortos, percebi que, à luz da Lua, o jardim não tinha fim; pois, onde havia muros durante o dia, estendiam-se agora unicamente novas paisagens de árvores e trilhas, flores e arbustos, ídolos de pedra e pagodes, como também a corrente banhada em luz dourada avançava em curvas por margens cobertas de plantas e sob pontes grotescas de mármore. E os lábios dos lótus mortos sussurravam com tristeza e me convidavam a seguir, a não interromper meus passos até que a corrente se transformasse num rio e, entre mangues com juncos oscilantes, chegasse a praias de areia cintilante na orla de um mar vasto e desconhecido.

A detestável Lua brilhava sobre esse mar, e sobre suas ondas mudas exalavam-se perfumes fatídicos em gestação. E, ao notar que os rostos de lótus nelas desapareceram, desejei ter redes em que pudesse capturá-los e conhecer por meio deles os segredos que a lua tinha trazido junto da noite. Mas quando a Lua desceu no oeste e a maré silente refluiu da praia taciturna, vi naquela luz torres antigas que as ondas deixaram descobertas e colunas brancas brilhantes engrinaldadas com algas verdes. Descobri que a morte tinha chegado para esses lugares submersos e, trêmulo, não desejei mais falar com os rostos de lótus.

Contudo, quando vi ao longe no mar um condor negro descer do céu para buscar descanso sobre um enorme recife, de bom grado teria lhe perguntado sobre aqueles que conheci quando estavam vivos. Eu o teria feito, se ele não estivesse tão distante, mas estava muito longe e ficou completamente fora do meu raio de visão quando se aproximou daquele recife gigantesco.

O QUE VEM DA LUA

Depois, observei a maré baixar sob a lua poente e vi o lampejo das torres, agulhas e tetos dessa cidade submersa e morta. Enquanto observava, minhas narinas lutavam contra o odor nauseante dos mortos do mundo; pois, verdadeiramente, nesse lugar não situado e esquecido, estava toda a carne dos cemitérios reunida para os balofos vermes marítimos devorarem e se fartarem.

A diabólica Lua pendia muito baixa acima daqueles horrores, mas os vermes balofos do mar não precisavam dela para comer. E, enquanto eu observava as ondulações que o rebuliço dos vermes embaixo faziam, senti um novo arrepio de frio vindo do longínquo lugar de onde vi o condor abrir voo, como se meu corpo tivesse sentido um terror antes que eu o tivesse diante dos olhos.

Meu corpo não tinha estremecido sem motivo, pois quando ergui os olhos vi que as águas tinham recuado mais, mostrando muito mais do vasto recife cuja orla eu tinha percebido antes. Descobri que o recife era apenas a cabeça de basalto negro de um ídolo cuja monstruosa fronte nesse momento brilhava à luz vaga da lua e cujas garras abjetas deviam tocar o leito diabólico a milhas de profundidade. Então guinchei repetidamente, temeroso de que o rosto encoberto se erguesse das águas e seus olhos ocultos me fitassem ao acompanhar aquele olhar furtivamente oblíquo e traiçoeiro da dourada Lua.

E, para escapar desse ser implacável, mergulhei alegremente e resoluto no fétido baixio onde, entre muros de algas e o lodaçal submerso, vermes gordos devoravam os mortos do mundo.

O PERVERSO CLÉRIGO

TRADUÇÃO:
ALDA PORTO

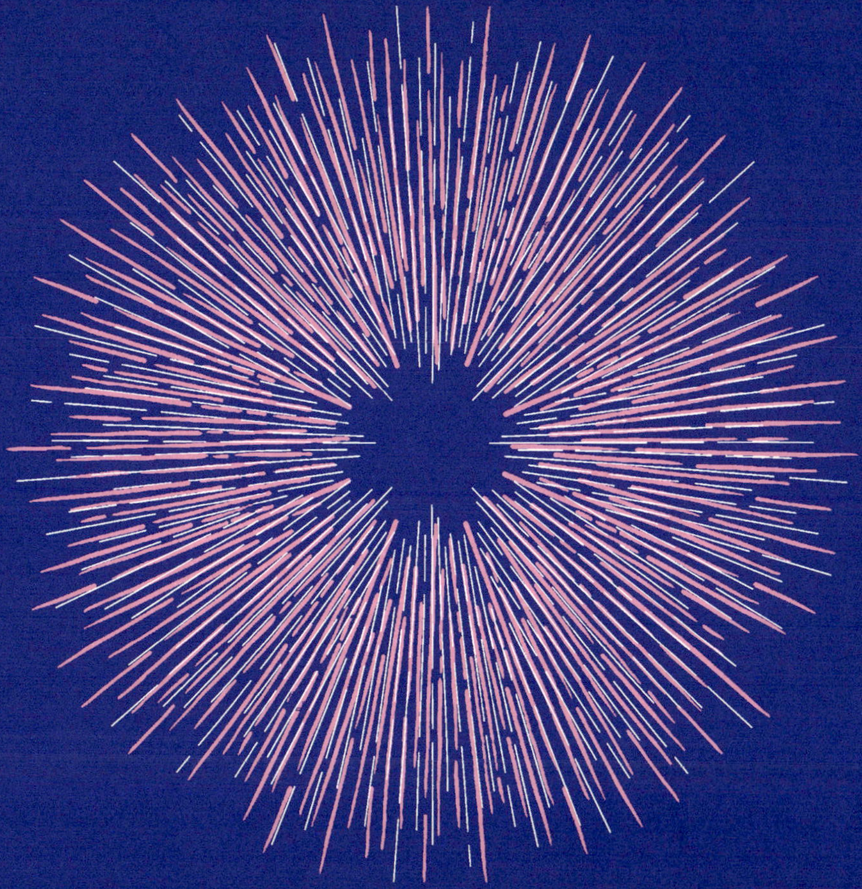

UM HOMEM SÉRIO, de aparência inteligente, com roupas discretas e barba grisalha, conduziu-me a um aposento no sótão e falou-me nestes termos:

— Sim, *ele* viveu aqui — mas aconselho-o a não mexer em nada. Sua curiosidade torna-o irresponsável. *Nós* jamais subimos aqui à noite, e só por causa do testamento *dele* o conservamos assim como está. Você sabe o que ele fez. Essa abominável sociedade encarregou-se de tudo, afinal, e não sabemos onde *o* enterraram. Nem a lei nem ninguém conseguiram chegar a essa sociedade.

"Espero que não fique aqui após escurecer. Rogo-lhe que não toque naquela coisa na mesa, a coisa parecida com uma caixa de fósforos. Não sabemos do que se trata, mas desconfiamos que tenha algo a ver com o que *ele* fez. Chegamos até a evitar olhá-la fixamente."

Pouco depois, o homem me deixou sozinho no aposento do sótão. Embora muito sujo, empoeirado e mobiliado de maneira rudimentar, tinha uma elegância que indicava não ser o refúgio de um plebeu. Viam-se prateleiras repletas de livros clássicos e de teologia e uma estante com tratados de magia: Paracelso, Alberto Magno, Tritêmio, Hermes Trismegisto, Borellus e outros, em estranhos alfabetos cujos títulos eu não consegui decifrar. Os móveis eram simplíssimos. Havia uma porta, mas dava apenas para um armário do tipo *closet*. A única saída consistia na abertura no chão, à qual a escada rústica e íngreme me conduzira. As janelas assemelhavam-se a claraboias, e as vigas de carvalho preto revelavam uma antiguidade inacreditável. Sem a menor dúvida, essa casa parecia saída no velho mundo. Eu tinha a impressão de saber onde estava, embora não me lembre do que sabia então, a não ser que a cidade *não* era Londres. Acho que se tratava de um pequeno porto marítimo.

O pequeno objeto na mesa me fascinou intensamente. Creio que sabia o que fazer com ele, pois peguei uma lanterna elétrica do meu bolso, ou qualquer coisa semelhante a uma lanterna, e testei com nervosismo seus feixes luminosos. A luz não era branca, porém, violeta, e o feixe que projetava parecia menos uma verdadeira luz que uma espécie de bombardeio radioativo. Recordo que não a considerava uma lanterna comum — de fato, *levava* uma normal no outro bolso.

Começava a escurecer, e os antigos telhados e as chaminés, no lado de fora, pareciam muito estranhos através dos vidros das claraboias. Enfim, reuni coragem, apoiei o pequeno objeto num livro em cima da mesa, depois lhe dirigi os raios da singular luz violeta. A luz, então, adquiriu uma semelhança ainda maior com uma chuva ou um granizo de minúsculas partículas arroxeadas do que com um feixe contínuo de luz. Quando incidiram na vítrea superfície do estranho objeto, as partículas emitiram uma crepitação, como a de um tubo vazio pelo qual passam centelhas. A escura superfície adquiriu uma incandescência também arroxeada, e uma vaga figura branca pareceu tomar forma no centro. De repente, percebi que não estava sozinho no aposento e logo tornei a guardar o projetor de raios no bolso.

Mas o recém-chegado não falou, nem ouvi nenhum ruído durante os momentos que se seguiram. Tudo era uma indistinta pantomima, como se vista de imensa distância, através de alguma neblina interposta, embora, por outro lado, o recém-chegado e todos os que chegaram depois parecessem grandes e próximos, como se estivessem ao mesmo tempo longe e perto, obedecendo a alguma geometria anormal.

O recém-chegado era um homem magro, moreno, de estatura média, vestido com o hábito clerical da Igreja Anglicana. Aparentava uns 30 anos; tinha a tez lívida, azeitonada e feições harmoniosas, mas a testa anormalmente alta; os cabelos retintos haviam sido bem cortados, penteados com todo esmero, e a barba feita, embora lhe azulasse o queixo, em virtude dos pelos que começavam a crescer. Usava óculos sem armação e com hastes de aço. Sua compleição e as feições da metade inferior do rosto eram como as dos clérigos que eu já vira, apesar da testa de assombrosa altura, da expressão mais rude, inteligente, ao mesmo tempo mais sutil e secretamente perversa. Nesse momento, acabava de acender um lampião a óleo. Parecia nervoso e, quando eu menos esperava, pusera-se a atirar os livros de magia numa lareira junto a uma janela do aposento (onde a parede inclinava-se num ângulo acentuado), em que até então eu não reparara. As chamas devoravam os volumes com avidez, saltavam em estranhas cores e emitiam cheiros hediondos ao extremo, enquanto as páginas cobertas de misteriosos hieróglifos e as carcomidas encadernações sucumbiam ao elemento devastador. De repente, observei que havia outras pessoas no aposento: homens de aparência grave, vestidos de clérigo, entre os quais um usava gravata-borboleta e calças curtas de bispo. Ainda que não ouvisse nada, percebi que comunicavam uma decisão de enorme importância ao primeiro dos delegados. Parecia que o odiavam e o temiam ao mesmo tempo e que esses sentimentos eram recíprocos. Ele contraiu o rosto numa lúgubre expressão, mas pude ver que sua mão direita tremia ao tentar agarrar o encosto de uma cadeira. O bispo apontou a estante vazia e a lareira cujas chamas se haviam apagado em meio a um monte de resíduos carbonizados e informes, tomado, parecia, de uma singular repugnância. O primeiro dos recém-chegados esboçou, então, um sorriso forçado e estendeu a mão esquerda para o pequeno objeto da mesa. Todos pareceram sobressaltar-se. O cortejo de clérigos começou a descer pela íngreme escada, sob o alçapão do piso, ao mesmo tempo que se viravam e faziam gestos ameaçadores ao partir. O bispo foi o último a abandonar o aposento.

O primeiro deles dirigiu-se a um armário no fundo do aposento e retirou um rolo de corda. Subiu numa cadeira, amarrou uma ponta da corda a um gancho que pendia da grande viga central de carvalho escuro e começou a fazer um nó corrediço na outra ponta.

Ao me dar conta de que ia se enforcar, adiantei-me com a ideia de dissuadi-lo ou salvá-lo. Então ele me viu, cessou os preparativos e olhou-me com uma espécie de *triunfo* que me desnorteou e me encheu de aflição. Desceu da cadeira devagar e se pôs a avançar em minha direção com um sorriso claramente lupino no rosto escuro de lábios finos.

Senti-me, por algum motivo, em perigo mortal e saquei o estranho projetor como uma arma de defesa. Não sei por que achei que poderia me ajudar. Liguei-o em cheio no rosto dele e vi suas feições amareladas se iluminarem, no início, com uma luz violeta e, logo depois, rosada. Sua expressão lupina exultante pareceu dar lugar a uma outra, de profundo medo, embora não chegasse a apagá-la por completo. Parou de supetão; em seguida, agitou os braços violentamente no ar e começou a recuar cambaleante, em total descontrole. Vi que se aproximava do alçapão e gritei para avisá-lo, mas ele não me ouviu. Um instante depois, atravessou de costas a abertura e desapareceu.

Tive dificuldade para avançar em direção ao alçapão; no entanto, quando, de fato, cheguei lá, não encontrei nenhum corpo esmagado no piso abaixo. Em vez disso, ouviu-se o alvoroço de pessoas que subiam com lanternas, pois se quebrara o encanto do silêncio fantasmagórico, e, mais uma vez, passei a ouvir ruídos e ver figuras tridimensionais normais. Claro que alguma coisa atraíra uma multidão àquele lugar. Propagara-se algum barulho que eu não ouvira? Logo em seguida, as duas pessoas, simples aldeões, que encabeçavam os demais viram-me de longe e ficaram paralisadas. Uma delas deu um grito alto e reverberante:

— Arre! É você? De novo?

Então todos deram meia-volta e fugiram freneticamente. Isto é, todos menos um. Depois que a multidão desapareceu, vi o homem sério de barba grisalha que me trouxera a esse lugar, parado sozinho, com uma lanterna na mão. Encarava-me boquiaberto, fascinado, mas não com medo. Logo começou a subir a escada e juntou-se a mim no sótão. Disse:

— Então você *não o deixou* em paz! Sinto muito. Sei o que aconteceu. Aconteceu uma vez antes, mas o homem se assustou e se suicidou com um tiro. Você não devia *tê-lo* feito voltar. Sabe o que ele quer. Mas não deve se apavorar como se apavorou o outro. Alguma coisa muito estranha e terrível aconteceu a você, embora não ao extremo de lhe prejudicar a mente e a personalidade. Se mantiver a cabeça fria e aceitar a necessidade de fazer certos reajustes radicais em sua vida, pode continuar aproveitando o mundo e os frutos de sua sabedoria. Entretanto, não pode continuar a viver aqui, e não creio que deseje regressar a Londres. Eu aconselharia os Estados Unidos.

"Tampouco deve tentar mais nada com esse... objeto. Agora, nada mais voltará a ser como antes. Fazer ou invocar qualquer entidade só serviria para piorar os problemas. Não se saiu tão mal como poderia ter ocorrido... contudo precisa sair logo daqui e estabelecer-se em outro lugar. Seria melhor dar graças a Deus por não ter sido mais grave.

"Vou prepará-lo da maneira mais direta possível. Ocorreu certa mudança em sua aparência física. *Ele* sempre a provoca. Mas num novo país você pode habituar-se a essa mudança. Tem um espelho na outra extremidade do aposento, e vou levá-lo até lá. Embora vá sofrer um choque, não sentirá nada repulsivo."

Pus-me a tremer, dominado por um medo mortal, e o barbudo quase teve de amparar-me enquanto me acompanhava até o espelho no outro lado do aposento, com um lampião fraco, isto é, o que se achava antes na mesa, não a lanterna, ainda mais fraca que trouxera na mão. Segue-se o que vi no espelho:

Um homem magro, moreno, de estatura média, vestindo o hábito clerical da Igreja Anglicana, aparentando uns 30 anos, de óculos sem armação e com hastes de aço, cujos cristais brilhavam abaixo de uma testa anormalmente alta, lívida e azeitonada.

Era o indivíduo silencioso que chegara primeiro e queimara os livros.

Pelo resto da minha vida, na aparência exterior, eu seria esse homem!

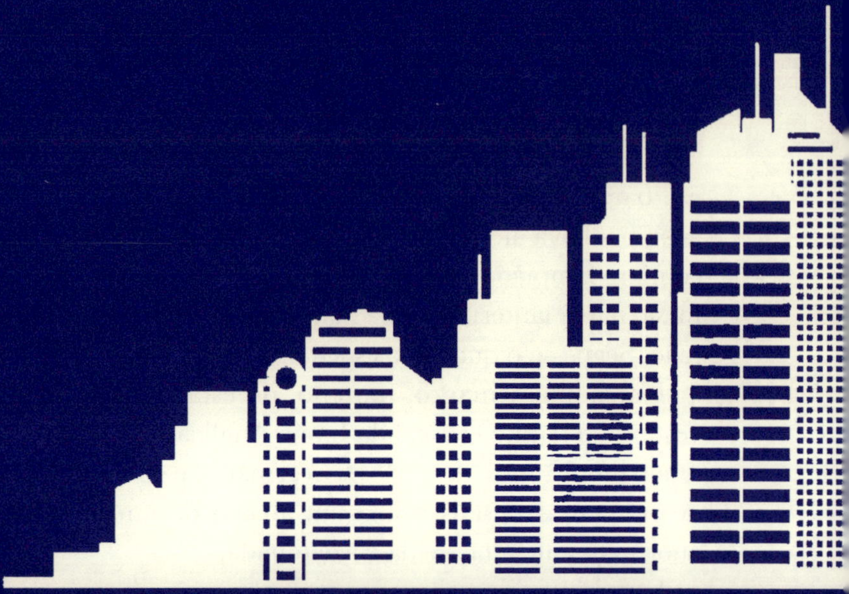

ELE

TRADUÇÃO:
LENITA RIMOLI ESTEVES

EU O VI NUMA NOITE de insônia enquanto em desespero perambulava para salvar minha alma e minha visão. Fora um erro ter mudado para Nova York, pois, embora eu tivesse vindo em busca de emoções e inspirações prodigiosas nos abundantes labirintos de ruas antigas que serpeiam sem fim, partindo de esquecidos pátios e largos e ancoradouros rumo a pátios e largos e ancoradouros igualmente esquecidos, e nas modernas e ciclópicas torres e pináculos que se erguem sombrios à luz de luas minguantes, o que acabei encontrando foi apenas uma sensação de horror e opressão que ameaçou me dominar, paralisar e aniquilar.

A decepção fora gradativa. Ao chegar à cidade pela primeira vez, eu a avistara de uma ponte na hora do crepúsculo, majestosa acima de suas águas, seus incríveis pináculos e pirâmides como flores delicadas emergindo de lagos de névoa violácea para brincar com flamantes nuvens douradas e com as primeiras estrelas do anoitecer. Depois ela se acendera janela após janela acima das trêmulas marés onde lanternas oscilavam e deslizavam, e soturnas buzinas rosnavam estranhas melodias, e ela mesma se tornara um onírico firmamento estrelado, evocando feérica música, em uníssono com as maravilhas de Carcassona e Samarcanda e Eldorado e todas as cidades gloriosas e parcialmente míticas. Logo em seguida, fui levado através daqueles antigos caminhos tão caros à minha fantasia — ruelas e passagens estreitas e sinuosas, onde fileiras de tijolos georgianos piscavam com janelinhas de sótãos encimando portais com pilares que haviam visto passar dourados cabriolés e carruagens entalhadas — e, no primeiro assomo da percepção dessas coisas há tanto tempo desejadas, eu pensei ter de fato conseguido os tesouros que com o tempo fariam de mim um poeta.

Mas o sucesso e a felicidade estavam fadados a não acontecer. A flagrante luz do dia exibia apenas a sordidez e a alienação e a nociva elefantíase de pedra que subia e se alastrava onde a lua havia sugerido beleza e magia antiga; e as multidões humanas que fervilhavam pelas ruas estreitas eram seres atarracados, forasteiros escuros com caras abrutalhadas e olhos apertados, estranhos traiçoeiros sem sonhos e sem nenhuma relação com o cenário ao seu redor, enigmáticos para os descendentes dos antigos habitantes, que amavam as belas alamedas verdes e as aldeias da Nova Inglaterra com suas torres em formato de agulha.

Assim, em vez dos poemas com que eu sonhava, sobrevieram apenas um trêmulo vazio e uma indizível solidão; e constatei finalmente uma assustadora verdade que ninguém antes jamais ousara expressar — o insussurrável segredo dos segredos — o fato de esta cidade de pedra e estridor não ser uma perpetuação consciente da Velha Nova York como Londres o é da Velha Londres e

ELE

Paris da Velha Paris, mas estar na verdade absolutamente morta, onde seu corpo mal embalsamado se esparrama fervilhando de estranhos seres animados que nada têm a ver com o que esse corpo foi em vida. Ao fazer essa descoberta parei de dormir confortavelmente, embora uma espécie de resignada tranquilidade tenha voltado à medida que fui criando o hábito de me manter longe das ruas à luz do dia e me aventurar a sair de casa apenas à noite, quando a escuridão desperta o pouco de passado que ainda paira espectral no ar, e velhos portais brancos evocam as robustas formas que outrora passaram por eles. Sentindo esse tipo de alívio até escrevi alguns poemas e assim pude me abster de voltar para casa e minha família, caso em que seria visto como um ignóbil derrotado que bate em retirada.

Então, durante uma caminhada em noite de insônia, conheci o homem. Foi num grotesco pátio escondido do setor de Greenwich, uma vez que na minha ignorância lá eu havia me instalado por ter ouvido falar que aquela área era o recanto natural de poetas e artistas. As casas e os becos arcaicos, os surpreendentes trechos com largos e pátios tinham de fato me encantado; e quando descobri que os poetas e artistas eram falastrões embusteiros cujo caráter pitoresco é só ouropel e cujos estilos de vida são uma negação de toda aquela beleza pura que é a poesia e a arte, continuei morando lá por amor a essas coisas veneráveis. Eu imaginava Greenwich na sua plenitude, quando era uma aldeia tranquila ainda não engolida pela cidade; e nas horas antes do amanhecer, quando todos os boêmios já haviam se esquivado furtivamente, eu costumava vagar sozinho por suas misteriosas sinuosidades, cismando sobre os singulares arcanos que seguidas gerações por lá deviam ter depositado. Isso mantinha minha alma viva e me proporcionava alguns daqueles sonhos e visões pelos quais o poeta dentro de mim clamava.

O homem me apareceu por volta das duas numa nebulosa madrugada de agosto, quando eu percorria uma série de pátios isolados, agora acessíveis apenas por meio de passagens escuras entre prédios, mas que outrora compunham uma rede ininterrupta de pitorescas alamedas. Eu ouvira falar delas por vagos boatos e percebi que não poderiam constar em nenhum mapa atual; mas o fato de elas terem sido esquecidas as tornava mais caras para mim, de modo que as procurei com o dobro de minha avidez habitual. Agora que as tinha encontrado, a avidez reduplicou-se novamente, pois algo em sua distribuição vagamente sugeria que elas poderiam ser apenas algumas entre muitas outras; obscuras e taciturnas alamedas semelhantes poderiam estar encravadas entre altos muros e moradias abandonadas nos fundos das propriedades; ou espreitando na escuridão por trás de arcadas não reveladas pelas hordas de estrangeiros ou ocultas por furtivos e reclusos artistas cujas práticas não convidam a publicidade ou a luz do dia.

Ele me dirigiu a palavra espontaneamente, ao notar meu estado de espírito e meu olhar curioso enquanto eu estudava certas portas com aldravas no alto de escadas com gradis de ferro e dintéis esculpidos levemente iluminando meu rosto. Seu próprio rosto estava nas sombras, e ele tinha na cabeça um chapéu de abas largas que de algum modo combinava perfeitamente com sua capa fora de moda; mas me senti levemente desconfiado mesmo

ELE

antes de ele se dirigir a mim. Sua figura era muito delgada, magra a ponto de parecer quase cadavérica; e sua voz soava estranhamente branda e cava, embora não particularmente profunda. Ele disse que me havia observado várias vezes em minhas perambulações e havia inferido que eu me parecia com ele no amor pelos vestígios de anos de outrora. Será que eu não gostaria da orientação de alguém com longa experiência nessas explorações e detentor de informações locais muito mais profundas do que quaisquer outras que algum óbvio recém-chegado talvez pudesse ter obtido?

Enquanto ele falava, tive um vislumbre de seu rosto no amarelo feixe de luz provindo da janela de um sótão solitário. Era um semblante nobre, até mesmo bonito, de idade avançada; e exibia os traços de uma linhagem e refinamento incomuns para a época e o lugar. No entanto, algum aspecto nele me perturbava tanto quanto suas feições me agradavam... Talvez ele fosse branco demais, ou inexpressivo demais, ou destoasse demais da localidade para me deixar tranquilo ou à vontade. Apesar disso, eu o segui; pois naqueles tristes dias minha busca pela beleza e pelo mistério de outrora era tudo o que eu tinha para manter minha alma viva, e reconheci como um raro favor do Destino o fato de associar-me com alguém cujas irmanadas buscas pareciam ter ido muito mais a fundo do que as minhas.

Algo naquela noite forçou o homem de capa a manter-se em silêncio, e por uma longa hora ele me guiou avançando sem palavras desnecessárias, limitando-se apenas aos mais breves comentários a respeito de nomes antigos, datas e mudanças, e orientando, em grande parte por gestos, meu avanço, à medida que nos esgueirávamos por entre vãos, percorríamos corredores na ponta dos pés, escalávamos muros de tijolos e uma vez engatinhamos por uma passagem de pedra cujo imenso comprimento e tortuosas curvas acabaram apagando todos os indícios de localização geográfica que eu conseguira preservar. As coisas que vimos eram antigas e maravilhosas, ou pelo menos assim pareceram nos esparsos raios de luz que me permitiam vê-las, e nunca hei de me esquecer das cambaleantes colunas jônicas, dos pilares acanelados, das colunas dos portões de ferro encimadas por cúpulas e das janelas com seus deslumbrantes dintéis e decorativas claraboias que pareciam se tornar tanto mais fantásticas e estranhas quanto mais avançávamos penetrando aquele infinito labirinto de desconhecida antiguidade.

Não cruzamos com ninguém, e com o passar do tempo as janelas iluminadas foram rareando mais e mais. Os primeiros lampiões de rua que encontramos eram a óleo e seguiam o antigo padrão losangular. Depois notei alguns contendo velas; no fim, depois de atravessarmos um trecho horrivelmente escuro onde meu mentor teve de me guiar com sua mão enluvada através da escuridão total rumo a um portão de madeira num muro alto, chegamos a um fragmento de alameda iluminado apenas por lanternas na frente de cada sétima casa — lanternas inacreditavelmente coloniais de latão com tampos cônicos e perfurações nas laterais. Essa alameda conduzia a uma subida íngreme — mais íngreme do que eu imaginava possível nessa parte de Nova York — e o ponto mais alto estava totalmente bloqueado pelo muro de uma propriedade particular coberto de hera, além do qual eu podia

ELE

ver uma pálida cúpula, e as copas de árvores ondulando contra uma vaga luminosidade no céu. Nesse muro havia um pequeno portão baixo e arqueado de carvalho escuro com cravos de metal, que o homem tratou de abrir com uma pesada chave. Fazendo-me entrar, ele me conduziu na total escuridão por um caminho que parecia ser de pedregulho, e finalmente subimos alguns degraus de pedra até a porta da casa, que ele destrancou e abriu para mim.

Quando entramos, senti uma fraqueza devido ao forte cheiro de mofo que veio ao nosso encontro, e que devia ser o fruto de insalubres séculos de deterioração. Meu anfitrião não deu mostras de perceber isso, e por cortesia fiquei em silêncio enquanto ele me conduzia por uma escada em curva, através do saguão e para o interior de uma sala cuja porta eu o ouvi trancar atrás de nós. Em seguida ele abriu as cortinas de três janelas com vidraças diminutas que mal apareciam contra a luminosidade do céu. Depois disso ele foi até a lareira, riscou uma pederneira no metal, acendeu duas velas de um candelabro de doze arandelas e fez um gesto sugerindo uma conversa em voz baixa.

Nesse fraco resplendor eu vi que estávamos numa biblioteca espaçosa, bem mobiliada e revestida com painéis de madeira que datava do primeiro quarto do século XVIII, com esplêndidos frontões sobre as portas, uma linda cornija dórica e uma estrutura decorativa magnificamente entalhada sobre a lareira. Acima das prateleiras abarrotadas, intervalados ao longo da parede, pendiam retratos da família muito bem feitos, todos manchados, exibindo uma obscuridade enigmática e uma inconfundível semelhança com o homem que agora indicava com um gesto uma cadeira ao lado de uma graciosa mesa Chippendale. Antes de sentar-se diante de mim do outro lado da mesa, meu anfitrião fez uma pausa momentânea como se estivesse constrangido; depois, lentamente tirando as luvas, o chapéu de abas largas e a capa, fez uma pose teatral revelando-se em seu traje em perfeito estilo de meados da época georgiana, desde o cabelo com rabicho e o babado em volta do pescoço até o culote, as meias de seda e os sapatos com fivelas que eu não havia notado antes. Agora, sentando-se lentamente numa cadeira com um encosto em forma de lira, ele começou a me observar atentamente.

Sem o chapéu ele assumiu a aparência de uma idade extremamente avançada que antes mal se podia notar, e eu me perguntei se essa característica não percebida de singular longevidade não fora uma das causas de minha ansiedade inicial. Quando ele finalmente começou a falar, sua voz suave, cava e cuidadosamente abafada tremia com frequência, e por vezes eu tinha muita dificuldade para acompanhá-lo enquanto o ouvia num misto de assombro e sobressalto que a cada instante aumentava.

— O senhor contempla — começou meu anfitrião — um homem de hábitos muito excêntricos, cujo traje não exige nenhuma explicação no caso de alguém com sua argúcia e tendências. Refletindo sobre tempos melhores, não tive escrúpulos de verificar os estilos deles e adotar seus trajes e maneiras, um prazer que não ofende ninguém quando praticado sem ostentação. Minha boa sorte tem sido preservar a sede rural de meus antepassados, mesmo que engolida por duas cidades, primeiro Greenwich, que cresceu deste lado a partir de 1800, depois Nova York, que surgiu em seguida por volta de 1830. Havia muitas razões para a preservação fiel deste lugar no âmbito da minha família, e eu não fui negligente no desempenho dessas obrigações. O fazendeiro que herdou a propriedade em 1768 estudou certas artes e fez certas descobertas, todas em conexão com influências que repousam neste pedaço de terra, todas altamente dignas da mais sólida preservação. Alguns curiosos efeitos dessas artes e descobertas eu agora pretendo lhe mostrar, sob o mais rigoroso sigilo; e acredito que posso confiar o suficiente na minha avaliação dos homens para não alimentar suspeitas quanto a seus interesses ou sua fidelidade.

Ele fez uma pausa, mas eu só consegui responder com um aceno de cabeça. Já disse que eu estava assustado; no entanto, para a minha alma nada era mais mortal do que o mundo material da luz do dia de Nova York. Esse homem talvez fosse um excêntrico inofensivo ou um manuseador de artes perigosas, mas eu não tive escolha a não ser segui-lo e sufocar minha sensação de espanto com relação a qualquer coisa que ele pudesse me oferecer. Então fiquei ouvindo.

— Para... o meu ancestral — continuou ele baixinho — parecia haver algumas qualidades muito notáveis na vontade do ser humano, qualidades que teriam um insuspeito domínio não apenas das ações de si próprio e das outras pessoas, mas também de todas as variedades de forças e substâncias da Natureza, bem como de muitos elementos e dimensões considerados mais universais que a própria Natureza. Será que posso dizer que ele zombava da santidade de coisas tão grandiosas quanto o espaço e o tempo e que empregava de modo estranho os ritos de certos índios mestiços de pele vermelha outrora acampados nesta colina? Esses índios deram mostras de cólera quando a propriedade foi construída no terreno e tornaram-se irritantes e inoportunos em seus pedidos para visitar o local na fase da lua cheia. Durante anos, quando podiam, eles sorrateiramente pulavam o muro a cada mês, e em segredo praticavam certas façanhas. Então, em 1968, o novo proprietário os surpreendeu em suas atividades e ficou estuporado diante do que viu. Depois disso ele negociou com eles e passou a permitir o livre acesso à propriedade em troca do completo conhecimento sobre as suas práticas. Assim ele descobriu que os avós daqueles índios herdaram parte de sua tradição de ancestrais de pele vermelha e outra parte de um velho holandês da época da organização política parlamentar da Holanda. E, maldito seja, receio que o proprietário da fazenda, adrede ou não, lhes serviu rum deveras malfazejo, pois uma semana depois que ele descobriu o segredo ele era o único homem vivo que o conhecia. O senhor, meu camarada, é o primeiro forasteiro a quem foi revelado que há um segredo, e macacos me mordam se eu me arriscasse a manipular esses... poderes... se o senhor não fosse tão avidamente interessado em coisas de outrora.

Estremeci quando o homem se tornou mais coloquial — adotando uma fala típica de outra época. Ele prosseguiu.

— Mas é preciso que o senhor saiba que aquilo que o proprietário da fazenda obteve daqueles selvagens mestiços foi apenas uma pequena parcela do conhecimento que conseguiu depois. Ele não estivera em Oxford

ELE

por nada, tampouco conversara em vão com um antigo químico e astrólogo em Paris. Ele, em suma, aprendera que todo o mundo é apenas a fumaça dos nossos intelectos, não acessível às pessoas vulgares, mas para ser exalada e inalada pelos sábios como uma nuvem de tabaco da Virgínia da melhor qualidade. O que queremos, nós podemos fazer ao nosso redor; e o que não queremos, podemos varrer para longe. Não direi que tudo isso é totalmente verdadeiro, mas é suficientemente verdadeiro para prover de quando em quando um espetáculo muito bonito. O senhor, imagino eu, se divertiria com uma visão de certos anos de outrora que supera o que lhe proporciona a sua fantasia. Portanto, reprima, por favor, qualquer susto diante daquilo que me proponho mostrar. Venha até a janela e mantenha-se calado.

Meu anfitrião tomou-me pela mão para conduzir-me até uma das janelas da malcheirosa sala, e ao primeiro toque de seus dedos sem luvas eu tive um calafrio. Sua carne, embora seca e firme, tinha a qualidade do gelo; e eu quase me desvencilhei de sua mão. Mas novamente pensei no vazio e no horror da realidade e bravamente me predispus a seguir para onde quer que ele me levasse. Uma vez à janela, o homem abriu as cortinas de seda amarela e dirigiu meu olhar para a escuridão exterior. Por um momento nada vi com exceção de milhares de pequenas luzes dançantes, longe, longe, longe diante de mim. Depois, como que em resposta a um insidioso movimento da mão de meu anfitrião, o clarão repentino de um relâmpago vibrou sobre o cenário, e eu contemplei um mar de luxuriantes folhagens — folhagens impolutas, e não o mar de tetos que qualquer mente normal esperaria.

À minha direita o Hudson cintilava sinistro, e à distância eu vi a fraca luz insalubre de um vasto brejo salgado cheio de nervosos pirilampos. O clarão morreu, e um maligno sorriso iluminou o rosto de cera do senil necromante.

— Isso foi antes do meu tempo... antes do tempo do novo proprietário. Por favor, vamos tentar outra vez.

Eu me sentia fraco, mais fraco até do que me fizera sentir a odiosa modernidade daquela cidade maldita.

— Santo Deus — sussurrei —, o senhor pode fazer isso para qualquer época? — E quando ele acenou afirmativamente e arreganhou os lábios desnudando os negros cotos do que haviam sido outrora presas amareladas, eu me agarrei às cortinas para não cair ao chão. Mas ele me segurou com aquela terrível garra de gelo e mais uma vez repetiu seu insidioso gesto.

Novamente o clarão relampeou — mas dessa vez sobre um cenário não completamente estranho. Era Greenwich, o Greenwich de outrora, mostrando aqui e acolá um telhado ou uma fileira de casas como as que vemos atualmente, mas com lindas alamedas e campos verdes e logradouros gramados. O brejo ainda cintilava além, mas ao longe eu vi as agulhas de torres daquilo que era então a totalidade de Nova York; as igrejas Trinity, St. Paul's e Brick Church dominando suas irmãs, e uma leve névoa de fumaça de madeira queimada pairando sobre tudo. Respirei fundo, mas não tanto pela visão em si quanto pelas possibilidades que minha imaginação aterrorizada evocava.

— O senhor pode... ousa... ir longe? — disse eu apavorado, e acho que ele por um segundo compartilhou meu pavor, mas o maligno sorriso largo voltou.

ELE

— Longe? O que já vi o reduziria a uma alucinada estátua de pedra! Para trás, para trás — para a frente, para a frente — olhe, lamuriento insensato!

E ao rosnar a frase baixinho gesticulou novamente, trazendo ao céu um clarão mais ofuscante que os anteriores. Por três segundos pude vislumbrar aquela cena de pandemônio, e durante aqueles segundos vi um panorama que para sempre vai atormentar-me em sonhos. Vi os céus coalhados de estranhas criaturas voadoras, e abaixo delas uma infernal cidade negra de gigantescos terraços de pedra com irreverentes pirâmides selvagemente apontadas contra a lua, e luzes diabólicas acesas atrás de inúmeras janelas. E apinhando-se asquerosamente em elevadas galerias eu vi o povo amarelo daquela cidade, gente estrábica, vestindo horríveis trajes alaranjados e vermelhos, e dançando loucamente ao som de febris pancadas dos timbales, o estrépito de obscenos chocalhos, e os esquizofrênicos gemidos de sufocadas trompas cujos incessantes sons fúnebres subiam e desciam ondulando como as ondas de um iníquo mar de piche.

Vi o panorama, repito, e ouvi como se fosse com os ouvidos da mente a blasfema cacofonia de iniquidades que o acompanhava. Era a estridente coroação de todo o horror que aquela cidade defunta havia despertado em minha alma; e esquecendo todas as injunções de silêncio, eu gritei, gritei, gritei quando meus nervos entraram em colapso e os muros tremeram ao meu redor.

Depois, quando o clarão se desfez, vi que meu anfitrião também tremia; uma expressão de chocante medo quase apagou de seu rosto a maligna distorção de fúria que meus gritos provocaram. Ele cambaleou e agarrou as cortinas como eu fizera antes, meneando violentamente a cabeça, como um animal acuado. Deus sabe que ele tinha um motivo, pois à medida que os ecos dos meus gritos foram sumindo outro som sobreveio tão infernalmente sugestivo que somente a emoção entorpecida me manteve são e consciente. Era o contínuo, furtivo rangido dos degraus além da porta trancada, dando a impressão de que uma horda de criaturas descalças e com peles envolvendo seus pés estava subindo; depois o ruído cauteloso, determinado, forçando o latão da aldrava que brilhava à branda luz das velas. O ancião me agarrou, cuspiu no meu rosto através do ar mofado e emitiu um grunhido gutural quando oscilou com a cortina amarela que agarrava.

— O plenilúnio — maldito seja... vós... vós, cão lamuriento. Vós os chamastes, e eles vieram me buscar! Pés com mocassins... Homens mortos. Que Deus vos destrua a vós, diabos vermelhos, mas eu absolutamente não envenenei o vosso rum... Acaso eu não preservei intacta vossa pestilenta magia? Fostes vós que vos embriagastes até adoecer... malditos... Vós tendes de culpar o proprietário... Parai com isso! Tirai as mãos dessa aldrava... Não tenho nada para vós aqui...

Nesse momento três lentas e perfeitamente deliberadas pancadas sacudiram as almofadas da porta, e uma espuma branca se formou na boca do desvairado mago. Seu terror, transformando-se em puro desespero, cedeu espaço a um novo surto de sua raiva contra mim. Ele deu um passo cambaleante em direção à mesa em cuja borda eu me apoiava. As cortinas, ainda agarradas pela mão direita quando ele estendeu a garra esquerda contra mim, esticaram-se e acabaram despencando de seus imponentes prendedores, permitindo que entrasse na sala uma inundação daquela lua cheia que a claridade do céu havia prenunciado. À luz daqueles raios esverdeados as velas empalideceram, e uma nova aparência de deterioração se espalhou sobre a sala cheirando a almíscar, com seus painéis carunchosos, seu piso cediço, a cornija da lareira gasta, móveis bambos e cortinas rasgadas. Essa aparência também tomou conta do ancião, provindo da mesma fonte ou de seu medo e intensa emoção, e eu o vi murchar e enegrecer-se enquanto cambaleava em minha direção e tentava me dilacerar com suas garras de abutre. Somente seus olhos permaneciam incólumes, e eles me fuzilavam com uma incandescência propulsiva e dilatada que crescia à medida que o rosto ao redor deles se carbonizava e se encolhia.

As pancadas agora se repetiram mais insistentes, e dessa vez com uma sugestão de metal. O ser escuro que me encarava havia-se transformado numa simples cabeça com olhos, tentando em vão serpear na minha direção sobre o chão cediço, lançando a intervalos pequenas cusparadas de imortal malignidade. Agora rápidos e estrondosos golpes atacaram as frágeis almofadas da porta, e eu tive o vislumbre de um machado de guerra quebrando a madeira. Não me mexi, pois não podia; mas fiquei olhando pasmado enquanto a porta foi despedaçada permitindo um colossal, informe influxo de uma substância escura estrelada por olhos brilhantes e malévolos. Esparramou-se densa como uma inundação de óleo e destruiu um anteparo podre, derrubou uma cadeira ao se espalhar e finalmente fluiu sob a mesa e através da sala na direção da cabeça enegrecida cujos olhos ainda me encaravam. Em volta da cabeça a substância se fechou, engolindo-a totalmente, e no momento seguinte começou a retroceder, levando consigo sua carga invisível sem me tocar, fluindo novamente para fora daquela porta escura e descendo os degraus invisíveis, que rangiam como antes, porém no sentido inverso.

Depois o piso acabou cedendo, e eu, quase sem fôlego, deslizei e fui parar nas trevas do aposento inferior, sufocado por teias de aranha e quase desmaiando de terror. A lua verde, brilhando através das janelas quebradas, me mostrou a porta do saguão entreaberta e, quando me levantei do chão cheio de entulho e me esgueirei evitando os pontos do teto que ameaçavam desabar, vi passar por ela uma terrível torrente de trevas com centenas de olhos malignos. A torrente procurava a porta do porão e, quando a encontrou, desapareceu lá dentro. Eu agora sentia o chão desse aposento inferior cedendo como havia acontecido com o do aposento superior, e anteriormente um estrondo lá no alto fora seguido pela queda, além da janela na face oeste, de algo que deve ter sido a cúpula. Liberado momentaneamente dos escombros, corri pelo saguão para a porta de entrada e, percebendo que não conseguia abri-la, apanhei uma cadeira e quebrei uma vidraça; depois pulei a janela e saí feito um louco pelo gramado desleixado onde a luz da lua dançava sobre a grama e o mato de quase um metro de altura. O muro era alto, e todos os portões estavam trancados; mas fazendo uma pilha de caixas num canto eu consegui chegar ao topo e agarrar a grande urna de pedra ali colocada.

ELE

Ao meu redor, em minha exaustão, eu só conseguia ver estranhos muros e janelas e velhos telhados com mansardas. A rua íngreme da minha chegada não estava visível em parte alguma, e o pouco que eu enxergava sucumbiu rapidamente numa névoa que veio do rio apesar do brilho da lua. De repente a urna à qual eu me agarrava começou a tremer, como se compartilhasse minha própria letal vertigem, e num outro instante meu corpo estava mergulhando rumo a um destino que eu não conhecia.

O homem que me encontrou me disse que eu devo ter rastejado por uma boa distância apesar de meus ossos fraturados, pois um rastro de sangue se estendia até onde ele ousou verificar. A chuva que caiu logo apagou esse nexo com o cenário de minha dura provação, e os relatos só puderam dizer que eu surgira de um local desconhecido, na entrada de um pequeno pátio escuro ligado à Perry Street.

Nunca procurei voltar àqueles tenebrosos labirintos; tampouco aconselharia qualquer homem em sã consciência a visitar aquelas partes se isso dependesse de mim. Sobre quem ou o que era aquela antiga criatura eu não faço a menor ideia. Mas repito que a cidade está morta e repleta de horrores insuspeitos. Para onde ele foi eu não sei; mas eu voltei para casa, para as límpidas alamedas da Nova Inglaterra por onde à noite circulam fragrantes ventos vindos do mar.

AR FRIO

TRADUÇÃO:
LENITA RIMOLI ESTEVES

VOCÊ ME PEDE que explique por que tenho medo de um golpe de ar frio, por que tremo mais que as outras pessoas quando entro em uma sala fria e dou demonstrações de náusea ou repulsa quando o friozinho da noite invade o calor de uma suave noite de outono. Há quem diga que eu reajo ao frio como outros reagem a um cheiro ruim, e sou o último a rejeitar essa impressão. O que farei será relatar a mais terrível circunstância, que jamais presenciei, e deixar que você julgue se essa é ou não é uma boa explicação para a minha idiossincrasia.

É um equívoco pensar que o horror está inextricavelmente associado com o escuro, o silêncio e a solidão. Presenciei o horror em plena luz do dia, no estrépito de uma metrópole e em meio ao corre-corre de uma pensão comum com uma senhoria prosaica e dois homens intrépidos ao meu lado. Na primavera de 1923, consegui um emprego sem graça e pouco lucrativo em uma revista na cidade de Nova York e, não podendo pagar um aluguel substancial, comecei a me mudar de um estabelecimento barato para outro em busca de um quarto que reunisse o mínimo necessário de limpeza, móveis resistentes e um preço bem razoável. Logo percebi que teria de escolher entre males diferentes; mas após um tempo encontrei uma casa no lado oeste da Fourteenth Street que me desagradou bem menos que as outras que eu visitara.

Era um casarão de arenito com quatro andares que datava aparentemente do final dos anos 1840; o interior era decorado com madeira e mármore cujo esplendor sujo e manchado atestava que o prédio em outros tempos exibira alto grau de refinada opulência. Os quartos, espaçosos e com pé-direito alto, eram revestidos com um lamentável papel de parede e tinham cornijas de estuque enfeitadas num estilo ridículo. Nesses cômodos reinava uma depressiva atmosfera mofada, que remetia a sombrias atividades culinárias. Mas o assoalho era limpo, os lençóis aceitáveis, e a água quente não ficava fria nem faltava com muita frequência; de forma que vim a considerar aquelas acomodações um lugar minimamente tolerável para hibernar até que pudesse viver de novo. A senhoria, uma espanhola desmazelada chamada Herrero cujo rosto era coberto por uma quase barba, não me incomodava com fofocas nem me criticava por causa da luz elétrica que ficava acesa até altas horas no meu quarto de frente no terceiro andar. Os outros hóspedes eram tão silenciosos e lacônicos quanto alguém poderia desejar, sendo em sua maioria espanhóis de um nível um pouco acima do mais rude e tosco. Apenas o rumor dos bondes na rua lá embaixo era um aborrecimento realmente sério.

Eu já estava lá havia três semanas quando se deu o primeiro acontecimento estranho. Certa noite, por volta das oito horas, ouvi o som de algo respingando no chão e logo percebi que estava aspirando já havia alguns minutos um cheiro pungente de amônia. Olhando ao redor, vi que o teto estava úmido e gotejando; a umidade aparentemente provinha de um canto do lado da rua. Ávido por sanar o problema no seu nascedouro, desci depressa para falar com a senhoria, que me garantiu que o caso logo seria solucionado.

— O Doctor Muñoz — disse ela enquanto subia depressa a escada na minha frente — *derramó sus químicas. Está mui enfermo para tratar de si mismo. Debe procurar outro doctor... cada vez más enfermo* — *pero él no acepta ayuda de nadie. És mui extraño en su enfermedad* — *cada día se dá baños de olor mui extraño, y no logra ficar animado o caliente. Hace todo su limpieza* — *su salita és llena de vidros y máquinas, e ele no salle para trabajar como médico. Mas antes ele estava bien* — *mi padre em Barcelona ouviu falar de el* — *e hace um rato el estaba curando o braço do encanador que se feriu de pronto. El nunca sai, só fica lá, y mi hijo Esteban traz para el comida e a roupa e remédios e químicos. Mío Dios, o sal amoníaco que el hombre usa para mantenerlo frio!*

A Sra. Herrero desapareceu escada acima rumo ao quarto andar, e eu voltei ao meu aposento. A amônia parou de pingar e, quando limpei o que havia pingado e abri a janela para tomar ar fresco, ouvi os pesados passos da senhoria acima de mim. Do Dr. Muñoz eu nunca ouvia nada, a não ser por alguns sons parecidos com o de um mecanismo movido a gasolina, já que ele tinha passos leves. Fiquei me perguntando qual seria a estranha doença desse homem, e se sua obstinada recusa de ajuda externa não era o resultado de uma excentricidade totalmente infundada. Refleti, de forma trivial, que há uma boa dose de patologia na personalidade de uma pessoa eminente que decaiu na vida.

Eu poderia nunca ter conhecido o Dr. Muñoz, não fosse pelo repentino ataque cardíaco que sofri certa manhã, quando estava em meu quarto escrevendo. Os médicos já me haviam advertido sobre o perigo dessas aflições, e eu sabia que não havia tempo a perder; assim, lembrando o que a senhoria dissera sobre o inválido ter ajudado o trabalhador ferido, eu me arrastei escada acima e bati de leve na porta do quarto dele. Minha batida foi respondida em bom inglês por uma voz estranha que estava um pouco à direita, perguntando meu nome e o que eu desejava; quando essas coisas foram respondidas, abriu-se uma porta perto daquela em que eu batera.

Fui saudado por uma lufada de ar frio e, embora aquele fosse um dos dias mais quentes do final de junho, tremi quando cruzei o limiar e entrei no espaçoso apartamento cuja suntuosa e sofisticada decoração me surpreendeu naquele ninho de sordidez e desleixo. Um sofá-cama desempenhava sua função diurna de sofá, e a mobília de mogno, as luxuosas tapeçarias, as velhas pinturas e as antigas estantes, tudo indicava muito mais o escritório de um homem culto do que um quarto de pensão. Então percebi que a sala contígua, que ficava acima do meu quarto — *la salita* de vidros e máquinas que a Sra. Herrero havia mencionado —, era simplesmente o laboratório do médico e que seu quarto principal ficava no espaçoso apartamento ao lado, cujas convenientes alcovas e grande banheiro contíguo lhe permitiam ocultar todas as prateleiras e equipamentos utilitários inoportunos. O Dr. Muñoz era, com certeza, um homem de berço, erudição e distinção.

O homem diante de mim era baixo, mas perfeitamente bem-proporcionado; vestia um tipo de traje formal de corte e caimento impecáveis. O rosto aristocrático de expressão imperiosa, mas não arrogante, era adornado por uma barba curta e grisalha, e um antigo *pince-nez* protegia os olhos escuros sobre o nariz aquilino que conferia um toque mourisco a uma fisionomia que era, nos outros aspectos, predominantemente celtibérica. O cabelo espesso e bem cortado, que denunciava as visitas pontuais de um barbeiro, era repartido acima da testa altiva, e a figura como um todo era de uma impressionante inteligência, e de origem e educação superiores.

Entretanto, quando vi o Dr. Muñoz em meio àquela lufada de ar frio, senti uma repugnância que nada no aspecto dele podia justificar. Apenas sua pele lívida e a frieza de seu toque poderiam ter proporcionado uma base física para esse sentimento, e até mesmo essas coisas deveriam ser perdoáveis, considerando-se a condição de inválido daquele homem. Também pode ter sido o estranho frio que me causou repulsa, pois aquele frio era anormal em um dia tão quente, e o anormal sempre causa aversão, desconfiança e medo.

Mas logo a repugnância se desfez em admiração, pois a extrema habilidade do estranho médico imediatamente se tornou manifesta apesar da frieza intensa e do tremor de suas mãos exangues. Ele obviamente entendeu minhas necessidades ao primeiro olhar e cuidou delas com a habilidade de um mestre, enquanto me assegurava em uma voz de fina modulação, embora estranhamente cava e sem timbre, de que ele era o mais ferrenho dos inimigos jurados da morte, tendo despendido toda a sua fortuna e perdido todos os seus amigos em um bizarro experimento de toda uma vida na tentativa de ludibriá-la e extirpá-la.

Algo do fanático benevolente parecia residir nele, que continuou tagarelando quase de forma gárrula enquanto auscultava meu peito e preparava um composto adequado de drogas que apanhava na sala contígua menor, a do laboratório. Com certeza ele considerou a companhia de um homem bem-nascido como uma rara novidade naquele ambiente soturno, e isso o motivou a engatar uma conversa animada à medida que as lembranças de tempos melhores lhe acorriam.

Sua voz, apesar de estranha, era pelo menos calmante, e eu mal conseguia perceber que ele respirava à medida que as fluentes sentenças rolavam em seu discurso polido. Ele tentava distrair minha mente de meu súbito ataque falando de suas teorias e experimentos, e eu recordo como ele habilmente me consolou a respeito de meu coração fraco, insistindo que a vontade e a consciência são mais fortes que a vida orgânica em si, de modo que, se uma estrutura orgânica em princípio saudável for cuidadosamente preservada, ela pode, por meio de um incremento científico dessas qualidades, preservar um tipo de animação nervosa apesar das mais sérias deficiências, dos defeitos ou até mesmo da falta de um órgão específico. Algum dia ele poderia, segundo disse de forma quase jocosa, ensinar-me a viver — ou pelo menos a possuir algum tipo de existência consciente — sem coração algum! De sua parte, ele fora acometido por uma combinação de doenças que exigiam um regime muito minucioso que incluía o frio constante. Qualquer elevação sensível de temperatura poderia, caso fosse prolongada, afetá-lo de modo letal, e o frio intenso de seu apartamento — entre doze e treze graus centígrados — era mantido por um sistema de resfriamento pela amônia; daí o motor a gasolina cujas bombas eu com frequência ouvira em meu próprio quarto no andar inferior.

    Livre de meu ataque em um tempo assombrosamente curto, deixei o lugar gelado como um discípulo e aficionado do talentoso recluso. Depois disso lhe fiz frequentes visitas encapotadas, ouvindo-o contar sobre pesquisas secretas com resultados quase sinistros, tremendo um pouco quando examinava os incomuns e incrivelmente antigos volumes em suas estantes. No fim das contas, devo acrescentar, acabei quase totalmente curado de minha doença por seus eficazes tratamentos. Parecia que ele não desprezava os encantamentos dos medievais, já que acreditava que aquelas fórmulas crípticas continham raros estimulantes psicológicos que poderiam, teoricamente, ter efeitos singulares na substância de um sistema nervoso no qual as pulsações orgânicas tivessem cessado. Fiquei comovido com o seu relato sobre o velho Dr. Torres, de Valência, que partilhara com ele seus primeiros experimentos durante a grande epidemia dezoito anos antes, que fora a origem de suas doenças atuais. Logo após ter salvado o colega, o venerável médico sucumbiu, ele mesmo, ao implacável inimigo que combatera. Talvez o desgaste tenha sido muito grande, pois o Dr. Muñoz me garantiu aos sussurros — sem dar detalhes — que os métodos de cura eram os mais extraordinários, envolvendo cenas e processos não muito palatáveis para galenos mais velhos e conservadores.

    Com o passar das semanas, observei com pesar que meu novo amigo estava, de fato, perdendo terreno em termos físicos, aos poucos, mas inegavelmente, como sugerira a Sra. Herrero. O aspecto lívido de seu rosto se intensificou, sua voz se tornou mais cava e indistinta, seus movimentos musculares eram coordenados de forma menos perfeita, e sua mente e vontade demonstravam menos resiliência e iniciativa. Dessa triste mudança ele não parecia de forma alguma inconsciente, e pouco a pouco sua expressão e conversa adotaram uma ironia perversa que reacendeu em mim algo da sutil repulsa que sentira no início.

Ele desenvolveu estranhos caprichos, adquirindo um gosto por especiarias exóticas e incensos egípcios até que seu quarto ficou cheirando como o sepulcro de um faraó inumado no Vale dos Reis. Ao mesmo tempo, sua exigência de ar frio aumentou, e com minha ajuda ele amplificou o bombeamento de amônia de seu quarto e modificou as bombas e a alimentação de sua máquina refrigeradora até que conseguiu manter a temperatura entre quatro e dois graus e, finalmente, no nível de — 2°C. O banheiro e o laboratório eram, obviamente, mantidos a temperaturas mais altas para que a água não congelasse e os processos químicos não fossem impossibilitados. O hóspede que era seu vizinho reclamou do ar gelado que vinha da porta que os separava, de modo que ajudei meu amigo a colocar cortinas pesadas para sanar o problema. Uma espécie de terror crescente, de um tipo bizarro e mórbido, parecia possuí-lo. Ele falava de morte o tempo todo, mas ria sardonicamente quando se fazia alguma delicada menção aos preparativos para seu funeral e enterro.

Em termos gerais, ele se tornou uma companhia desconcertante e até repulsiva, porém em minha gratidão por ter-me curado eu não podia abandoná-lo a estranhos ao seu redor, e tomava o cuidado de tirar o pó de seu quarto e atender a suas necessidades diariamente, vestindo um sobretudo pesado que adquiri especialmente para esse fim. Eu também fazia boa parte de suas compras, intrigando-me diante de algumas das substâncias químicas que ele encomendava de boticários e fornecedores de material de laboratório.

 Uma crescente e intrigante atmosfera de pânico parecia crescer em torno de seu apartamento. A casa toda, como eu já disse, tinha um cheiro de mofo, mas o cheiro do quarto dele era pior — apesar de todas as especiarias e incensos, e das pungentes substâncias químicas dos agora incessantes banhos que ele insistia em tomar sem ajuda. Eu percebia que isso deveria estar ligado à sua doença e estremecia quando pensava sobre qual poderia ser essa doença. A Sra. Herrero fazia o sinal da cruz quando olhava para ele; ela o entregou a mim sem reservas, deixando até de permitir que o filho, Esteban, continuasse a prestar serviços para o doutor. Quando eu sugeria outros médicos, o doente era tomado de um acesso de raiva tão intenso quanto podia aguentar. Ele evidentemente tinha medo do efeito físico das emoções violentas, e no entanto sua vontade e vigorosa determinação aumentavam em vez de diminuir, e ele se recusava a ficar confinado à sua cama. A lassitude de seus primeiros dias de doença deu lugar a uma retomada de seu ferrenho propósito, de modo que ele parecia impor o desafio ao demônio da morte no exato momento em que esse antigo inimigo o atacava. O fingimento de comer, que curiosamente sempre fora apenas uma formalidade para ele, Dr. Muñoz abandonou por completo; só o poder da mente parecia protegê-lo do colapso total.

Ele adquiriu o hábito de escrever longos documentos de um determinado tipo, que cuidadosamente selava, acrescentando a eles muitas recomendações para que eu os entregasse a determinadas pessoas após sua morte — em sua maioria, eruditos da Índia oriental, mas o grupo incluía um médico francês, que atualmente era considerado morto, e sobre o qual as coisas mais inconcebíveis haviam sido sussurradas. No final das contas, queimei todos aqueles papéis sem que fossem entregues nem lidos. O aspecto e a voz dele se tornaram literalmente horripilantes, e sua presença era quase intolerável. Num dia de setembro, um vislumbre inesperado da sua figura provocou um ataque epilético em um homem que viera para consertar a lâmpada elétrica de sua escrivaninha, um ataque para o qual ele prescreveu um tratamento efetivo enquanto se mantinha fora de vista. O tal homem, por estranho que pareça, tinha passado pelas agruras da Grande Guerra sem nunca sentir um pavor tão intenso.

Então, em meados de outubro, o horror dos horrores veio de forma desconcertantemente abrupta. Certa noite, por volta das onze horas, a bomba da máquina refrigeradora quebrou, de modo que nas três horas seguintes o processo de resfriamento com amônia ficou impossibilitado. O Dr. Muñoz me chamou batendo no chão, e eu trabalhei de forma desesperada para consertar o equipamento enquanto meu amigo blasfemava em um tom tão inerte e cavo que ultrapassava qualquer descrição. Meus esforços de amador, entretanto, provaram-se inúteis e, quando eu trouxe um mecânico de uma oficina vinte e quatro horas das redondezas, soubemos que nada poderia ser feito antes do amanhecer, quando seria possível comprar um novo pistão. A fúria e o medo do ermitão moribundo, assumindo proporções grotescas, ameaçavam desmontar o que restava de seu físico debilitado; um espasmo o fez cobrir os olhos com as mãos e correr para o banheiro. Ele saiu de lá tateando as paredes e com o rosto firmemente coberto por ataduras. Eu nunca mais vi seus olhos.

O frio intenso do apartamento diminuía agora sensivelmente, e por volta das cinco da manhã o médico se retirou para o banheiro, ordenando-me que lhe fornecesse todo o gelo que conseguisse obter em farmácias e lanchonetes vinte e quatro horas. Quando eu retornava de minhas viagens por vezes desencorajadoras e colocava meus espólios diante da porta fechada do banheiro, eu ouvia um patinhar inquieto lá dentro e uma voz grossa coaxando o pedido de "Mais... mais!". Finalmente amanheceu um dia quente e as lojas abriram uma a uma; pedi a Esteban ou que me ajudasse com o gelo enquanto eu obtinha o pistão da bomba, ou que fosse comprar o pistão enquanto eu continuava com o gelo; porém, instruído pela mãe, ele se recusou terminantemente.

Por fim, contratei um vagabundo de aspecto molambento, que encontrei na esquina da Oitava Avenida, para manter o paciente abastecido com o gelo comprado em uma lojinha, onde o apresentei, e me apliquei diligentemente à tarefa de encontrar um pistão da bomba e homens competentes para instalá-lo. A tarefa parecia interminável, e eu praguejava com quase a mesma violência do ermitão enquanto via as horas se escoando, sem que tivesse tempo para comer ou mesmo respirar, em uma sequência inútil de telefonemas e buscas alucinadas de um local a outro, para lá e para cá, de metrô ou de carro pela superfície. Por volta do meio-dia, encontrei uma boa loja de suprimentos no centro da cidade e, aproximadamente à uma e meia, cheguei à minha pensão com a parafernália necessária e dois mecânicos fortes e competentes. Eu fizera o possível e esperava que ainda houvesse tempo.

O negro horror, entretanto, havia me precedido. A casa estava em completo tumulto, e acima do burburinho de vozes intrigadas ouvi um homem rezando em um tom profundamente grave. Coisas malignas pairavam no ar, e os hóspedes desfiavam seus rosários enquanto sentiam o odor que vinha de trás da porta fechada do médico. O homem que eu tinha contratado, ao que parece, fugira aos berros e com os olhos vidrados não muito depois de sua segunda entrega de gelo, talvez como resultado de sua excessiva curiosidade. Ele não poderia, é claro, ter trancado a porta atrás de si, e entretanto ela estava agora trancada, presumivelmente por dentro. Não se ouvia som algum lá dentro, a não ser um gotejar lento e viscoso.

Tendo feito uma rápida consulta à Sra. Herrero e aos trabalhadores, apesar do medo que me corroía a alma, recomendei que a porta fosse arrombada, mas a senhoria encontrou um modo de virar a chave pelo lado de fora com alguma ferramenta. Nós tínhamos antes aberto as portas de todos os outros quartos daquela ala e escancarado todas as janelas ao máximo. Agora, com o nariz protegido por lenços, nós invadimos, trêmulos, o malfadado cômodo que resplandecia ao sol quente do início da tarde.

AR FRIO

Um tipo de rastro escuro e gosmento levava da porta aberta do banheiro até a porta do salão, e dali para a escrivaninha, onde uma terrível poça havia se acumulado. Ali havia algo rabiscado a lápis em uma caligrafia horrível e cega sobre um pedaço de papel medonhamente lambuzado como se pelas próprias garras que traçaram as apressadas palavras finais. Depois o rastro levava ao sofá e terminava de forma indizível.

O que estava, ou tinha estado, no sofá não posso nem ouso dizer aqui. Mas isso é o que tremulamente decifrei do papel gosmento e pegajoso antes de riscar um fósforo e queimá-lo completamente; isso é o que eu descobri aterrado enquanto a senhoria e os dois mecânicos corriam frenéticos daquele lugar diabólico para gaguejar suas histórias incoerentes na delegacia mais próxima. As nauseantes palavras pareciam quase inacreditáveis naquela luz amarela do sol, com o alarido dos carros e caminhões de serviço subindo clamorosamente da Fourteenth Street, mas confesso que naquele instante acreditei nelas. Se continuo acreditando agora, honestamente não sei. Há coisas sobre as quais é melhor não especular, e tudo o que posso dizer é que odeio o cheiro de amônia, e quase desmaio quando sinto uma lufada de ar estranhamente frio.

"O fim" — diziam os perniciosos garranchos — "chegou. Nada mais de gelo; o homem olhou e saiu correndo. Cada vez mais quente, e os tecidos não podem durar. Imagino que você entende agora... o que eu disse sobre a vontade e os nervos e o corpo preservado depois que os órgãos param de funcionar. Era uma teoria boa, mas que não poderia ser mantida indefinidamente.

Houve uma deterioração gradual que eu não havia previsto. O Dr. Torres sabia, mas o choque o matou. Ele não pôde aguentar o que tinha de fazer — ele teve de me levar a um lugar estranho e escuro quando deu atenção à minha carta, e com seus cuidados me fez voltar. Mas os órgãos nunca funcionariam de novo. Tinha de ser do meu jeito — preservação artificial —, pois, você percebe, eu morri naquele dia, dezoito anos atrás."

OS RATOS
NAS PAREDES

TRADUÇÃO:
LENITA RIMOLI ESTEVES

EM 16 DE JULHO de 1923, mudei-me para o Exham Priory depois que o último trabalhador completou sua tarefa. A restauração fora uma tarefa estupenda, pois pouco havia permanecido da propriedade abandonada além de algumas paredes em ruínas; mesmo assim, como aquela fora a residência de meus ancestrais, não poupei dinheiro. O lugar não era habitado desde o reinado de James I, quando uma tragédia de natureza extremamente hedionda, embora pouco explicada, se abateu sobre o dono, cinco de seus filhos e vários empregados, lançando uma nuvem de suspeita e terror sobre o terceiro filho, meu progenitor e único sobrevivente da abominada linhagem. Com esse único herdeiro acusado de assassinato, o Exham Priory revertera para a coroa, e o acusado nem havia tentado se defender ou recuperar a sua propriedade. Tomado de algum terror maior que o da consciência ou da lei, e expressando apenas um desejo intenso de excluir o antigo edifício de sua visão e memória, Walter de la Poer, décimo primeiro Barão de Exham, fugiu para o estado da Virgínia e ali fundou a família que, no século seguinte, passou a ser conhecida como Delapore.

O Exham Priory permanecera vazio, embora mais tarde tenha sido anexado às propriedades da família Norrys e muito estudado por sua arquitetura peculiarmente complexa, uma arquitetura que envolvia torres góticas repousando numa subestrutura saxônica ou romanesca, cujos alicerces eram, por sua vez, de uma ordem ou de uma mistura de ordens ainda mais antiga: romana ou até druídica ou galesa nativa, se as lendas dizem a verdade. Esses alicerces eram algo bastante singular, sendo fundidos de um dos lados com a sólida pedra calcária do penhasco de cujas bordas o priorado se debruçava sobre um vale deserto a três milhas da aldeia de Anchester. Os arquitetos e antiquários adoravam examinar aquela estranha relíquia de séculos remotos, mas o povo da região a odiava. Os locais haviam odiado a propriedade centenas de anos antes quando meus ancestrais viviam ali, e a odiavam agora, que estava coberta com o musgo e o mofo do abandono. Logo em meu primeiro dia em Anchester, fiquei sabendo que descendia de uma casa amaldiçoada. E nesta semana os operários explodiram o Exham Priory e estão se esforçando para apagar os vestígios de seus alicerces.

Os dados básicos de meus ancestrais eu sempre soubera, juntamente com o fato de que meu primeiro antepassado americano viera para as colônias sob uma estranha sombra. Dos detalhes, entretanto, eu fora mantido em total ignorância pela política reticente sempre mantida pelos Delapores. Diferentemente de nossos vizinhos donos de plantações, nós raramente nos gabávamos de ancestrais que tomaram parte nas Cruzadas ou de quaisquer outros heróis da Idade

OS RATOS NAS PAREDES

Média ou do Renascimento; além disso, nenhum tipo de tradição fora transmitida a não ser pelo que poderia ter contido o envelope lacrado deixado antes da Guerra de Secessão por todos os chefes de família, destinado ao seu filho mais velho, para ser aberto após sua morte. As glórias que apreciávamos eram aquelas alcançadas após a imigração, as glórias de uma linhagem da Virgínia altiva e honrada, embora talvez reservada e antissocial.

Durante a guerra, nossa fortuna foi destruída e toda a nossa existência se alterou pelo incêndio de Carfax, nossa propriedade nas margens do Rio James. Meu avô, já em idade bastante avançada, perecera naquele incêndio terrível, e com ele se fora o envelope que nos ligava todos ao passado. Consigo me lembrar daquele incêndio ainda hoje exatamente como o testemunhei aos sete anos, com os soldados federais vociferando, as mulheres gritando e os negros uivando e rezando. Meu pai estava no exército, defendendo Richmond, e após muitas formalidades minha mãe e eu fomos transladados através das tropas de linha para nos juntar a ele. Quando a guerra acabou, nós todos nos mudamos para o norte, de onde viera minha mãe, e eu me tornei adulto, atingi a meia-idade e finalmente fiz fortuna como um apático ianque. Nem meu pai nem eu jamais soubemos o que continha aquele envelope de meu avô e, à medida que me integrei à insípida vida de negócios de Massachusetts, perdi todo o interesse nos mistérios que evidentemente se escondiam no longínquo passado de minha árvore genealógica. Tivesse eu suspeitado de sua natureza, com que alegria teria deixado o Exham Priory entregue a seu limo, seus morcegos e teias de aranha!

Meu pai morreu em 1904, mas não deixou nenhuma mensagem para mim nem para meu único filho, Alfred, um órfão de mãe de dez anos de idade. Foi esse menino que alterou por completo a ordem de informação familiar, pois, embora eu só pudesse oferecer a ele zombeteiras conjecturas sobre nosso passado, ele me escreveu a respeito de lendas ancestrais muito interessantes quando a guerra o levou para a Inglaterra em 1917 na qualidade de oficial da aviação. Aparentemente, os Delapores tinham uma história pitoresca e talvez sinistra, pois um amigo de meu filho, o Capitão Edward Norrys da Real Força Aérea Britânica, morava perto da sede da família em Anchester e narrou algumas superstições camponesas que poucos romancistas poderiam igualar em estranheza e inverossimilhança. Norrys, é claro, não as levava a sério, mas elas divertiram meu filho e foram um material rico para as cartas que ele me escrevia. Foi esse conjunto de lendas que definitivamente voltou minha atenção à minha ancestralidade transatlântica e me fez decidir pela compra e restauração da sede da família que Norrys mostrou a Alfred em seu pitoresco abandono, prontificando-se a vendê-la a um preço supreendentemente razoável, já que seu próprio tio era o proprietário atual.

Comprei o Exham Priory em 1918, mas quase imediatamente abandonei meus planos de restauração em razão do retorno de meu filho, que chegou da guerra mutilado e inválido. Durante os dois anos em que ele ainda viveu, não pensei em nada a não ser cuidar dele, tendo até mesmo passado o controle dos negócios para meus sócios. Em 1921, encontrando-me enlutado e sem objetivos, um fabricante aposentado que já não era mais jovem, resolvi ocupar meus últimos anos de vida com minha nova propriedade. Visitando Anchester em dezembro, fui recebido pelo Capitão Norrys, um jovem rechonchudo e simpático que tinha grande consideração por meu filho e me prestou assistência na coleta de plantas e anedotas para conduzir a restauração que eu tinha à frente. A propriedade em si não me emocionou; era um amontoado de ruínas medievais coberto por líquens e cheio de ninhos de gralhas, perigosamente empoleirado sobre um precipício, desprovido de assoalhos e outros acabamentos internos a não ser pelas paredes de pedra das torres.

À medida que eu gradualmente recuperava a imagem do edifício como ele fora quando meu ancestral o deixara três séculos antes, comecei a contratar operários para a reconstrução. Em todos os casos fui forçado a buscar mão de obra fora do local imediato, pois os aldeões de Anchester sentiam um medo e um ódio quase inacreditáveis com relação ao lugar. Esse sentimento era tão forte que algumas vezes contaminava os trabalhadores de fora da cidade, causando muitas deserções; além disso, parecia aplicar-se à propriedade e também à antiga família que lá vivera.

Meu filho me havia dito que fora de certo modo evitado durante suas visitas por ser um De la Poer, e agora eu mesmo me via sutilmente excluído por um motivo semelhante, até que convenci os camponeses de que sabia pouquíssimo de minha herança. Mesmo assim eles taciturnamente antipatizavam comigo, de forma que fui obrigado a coletar a maioria das tradições da aldeia com a ajuda da mediação de Norrys. O que as pessoas não podiam perdoar, talvez, era que eu tivesse vindo para restaurar um símbolo que para eles era tão abominável; pois, racionalmente ou não, eles enxergavam o Exham Priory simplesmente como um covil de demônios e lobisomens.

    Juntando as narrativas que Norrys coletara para mim e suplementando-as com os relatos de vários estudiosos que haviam estudado as ruínas, deduzi que Exham Priory fora erguido no terreno de um templo pré-histórico, uma coisa druídica ou antedruídica que deve ter sido contemporânea de Stonehenge. De que ritos indescritíveis haviam sido celebrados ali, poucos duvidavam; e havia histórias incômodas da transferência desses ritos para o culto de Cibele introduzido pelos romanos. Inscrições ainda visíveis no segundo porão traziam inconfundíveis letras como "DIV... OPS... MAGNA. MAT...", sinal da Magna Mater cujo culto sombrio fora em vão proibido entre os cidadãos romanos. Anchester fora o acampamento da terceira legião de Augusto, como atestam vários vestígios, e dizia-se que o templo de Cibele era esplêndido e multidões de adoradores realizavam ali cerimônias inomináveis segundo a determinação de um sacerdote frígio. Relatos acrescentavam que a queda da antiga religião não acabou com as orgias no templo, mas que os sacerdotes continuaram vivendo na nova fé sem uma mudança real. Da mesma forma, comentava-se que os ritos não desapareceram com a queda de Roma e que alguns entre os saxões reformaram o que restava do templo e deram a ele os contornos que posteriormente se preservaram, transformando-o no centro de um culto temido por metade da heptarquia. Por volta do ano 1000 d.C., uma crônica menciona o lugar como um imponente priorado de pedra que abrigava uma poderosa e estranha ordem monástica e era rodeado de extensos jardins que não exigiam muros para excluir uma população amedrontada. O prédio nunca foi destruído pelos dinamarqueses, embora após a Conquista Normanda deva ter se deteriorado tremendamente, já que não houve impedimento algum quando Henrique III cedeu a propriedade a meu ancestral, Gilbert de la Poer, Primeiro Barão de Exham, em 1261.

De minha família antes dessa data não existe nenhuma história maligna, mas algo estranho deve ter acontecido por volta dessa data. Em uma crônica existe a referência a um De la Poer como "amaldiçoado por Deus" em 1307, ao passo que, com relação ao castelo que foi construído sobre os escombros do velho templo e priorado, as lendas da aldeia só contavam do pavor frenético de coisas malignas. As histórias contadas à noite em torno da lareira traziam as descrições mais aterradoras, que se tornavam ainda mais apavorantes por conta das reticências amedrontadoras e das nebulosas evasivas. Elas representavam meus ancestrais como uma linhagem de demônios em comparação aos quais Gilles de Retz e o Marquês de Sade pareceriam principiantes, e sugeriam aos sussurros que eles foram responsáveis pelo ocasional desaparecimento de habitantes da aldeia ao longo de várias gerações.

Ao que parece, os piores personagens eram os barões e seus herdeiros diretos; pelo menos muito se sussurrava sobre eles. Dizia-se que, se um herdeiro tivesse inclinações mais saudáveis, ele morria cedo e misteriosamente para dar lugar a um descendente mais típico. Parecia haver um culto interno restrito à família, presidido pelo chefe e algumas vezes fechado a não ser para alguns membros. O temperamento, e não a ancestralidade, era com certeza a base desse culto, que era integrado por pessoas que haviam se casado com membros da família. Lady Margaret Trevor, de Cornwall, esposa de Godfrey, o segundo filho do quinto barão, tornou-se o principal terror das criancinhas em todo o interior, e a malévola heroína de uma antiga balada particularmente horrível que ainda sobrevive perto da fronteira com o País de Gales. Também preservada nas canções, embora não ilustrando o mesmo ponto, está a medonha história de Lady Mary de la Poer, que logo após seu casamento com o Duque de Shrewsfield foi morta por ele e sua mãe, tendo sido os dois assassinos absolvidos e abençoados pelo sacerdote a quem confessaram o que não ousariam repetir ao mundo.

Esses mitos e baladas, apesar de típicos da superstição mais tosca, me repugnavam sobremaneira. Sua persistência e sua aplicação a uma linhagem tão longa de meus ancestrais eram especialmente perturbadoras, ao passo que as imputações de hábitos monstruosos se mostravam desagradavelmente reminiscentes do único escândalo conhecido entre meus antepassados diretos: o caso de meu primo, o jovem Randolph Delapore de Carfax, que se envolveu com negros e tornou-se um sacerdote vodu após a Guerra do México.

Muito menos me incomodavam as histórias mais vagas de gemidos e uivos no vale deserto e varrido pelos ventos, que ficava abaixo do penhasco de calcário; dos fedores tumulares após as chuvas da primavera; do ser branco, desajeitado e gritão, que foi pisoteado pelo cavalo de Sir John Clave certa noite em um campo solitário; e do empregado que enlouquecera diante do que viu no priorado em plena luz do dia. Essas coisas eram histórias vulgares de monstros e, naquela época, eu era um cético assumido. Os relatos de camponeses desaparecidos mereciam mais crédito, embora não fossem especialmente significativos em vista do costume medieval. Curiosidade bisbilhoteira significava morte, e mais de uma cabeça decepada fora exibida publicamente nos bastiões — agora eliminados — que circundavam o Exham Priory.

Algumas das histórias eram extremamente pitorescas e me faziam desejar ter aprendido mais sobre mitologia comparada na juventude. Havia, por exemplo, a crença de que uma legião de demônios com asas de morcegos celebrava o Sabá das Bruxas todas as noites no priorado, uma legião cujo sustento poderia explicar a abundância desproporcional de legumes colhidos nos vastos jardins. E, a mais vívida de todas, havia a epopeia dramática dos ratos: o galopante exército de obscenos bichos que havia eclodido no castelo três meses antes da tragédia que condenou o castelo ao abandono; o batalhão descarnado, faminto e nojento que havia varrido toda a propriedade e devorado aves, gatos, cães, ouriços, ovelhas e até dois infelizes seres humanos antes de exaurir sua fúria. Em torno desse inesquecível exército de roedores, todo um ciclo separado de mitos se desenvolveu, pois ele se espalhou pelas casas da aldeia e trouxe consigo maldições e horrores.

Foi essa coleção de narrativas que me tomou de assalto quando me dediquei a completar, com a obstinação de um velho, o trabalho de restauração da casa de meus ancestrais. Não se deve imaginar por um momento que essas histórias formavam meu ambiente psicológico principal. Em contrapartida, eu era constantemente elogiado e encorajado pelo Capitão Norrys e os antiquários que me acompanhavam e ajudavam. Quando a tarefa estava terminada, mais de dois anos após o seu início, eu contemplei os grandes cômodos, as paredes revestidas com lambris, os tetos abobadados, as janelas com pinázios e as amplas escadarias com um orgulho que compensava totalmente a despesa prodigiosa da restauração. Cada detalhe medieval fora cuidadosamente reproduzido, e as novas partes combinavam à perfeição com as paredes e fundações originais. A sede de meus antepassados estava completa, e eu ansioso por recuperar finalmente a fama local da linhagem que terminara em mim. Eu residiria ali permanentemente, provando que um De la Poer (pois eu adotara de novo a forma original do sobrenome) não precisava ser uma pessoa maligna. Meu consolo talvez fosse ampliado pelo fato de que, embora o Exham Priory tivesse um estilo medieval, seu interior era na verdade totalmente novo e livre tanto de velhos caruncos quanto de velhos fantasmas.

Como já mencionei, mudei-me para a propriedade em 16 de julho de 1923. O grupo que ocupava a casa era composto de sete empregados e nove gatos, sendo estes últimos uma espécie que particularmente aprecio. Meu gato mais velho, "Negro", tinha sete anos de idade e viera comigo de minha casa em Bolton, Massachusetts; os outros eu havia juntado enquanto morava com a família do Capitão Norrys durante a restauração do priorado. Ao longo de cinco dias nossa rotina prosseguiu em total placidez, meu tempo estava sendo despendido principalmente na codificação de velhos registros de família. Eu agora tinha obtido alguns relatos muito circunstanciados da tragédia final e da fuga de Walter de la Poer, que eu imaginava serem o provável conteúdo do documento herdado que se perdeu no incêndio em Carfax. Ao que parecia, meu ancestral foi acusado com bons fundamentos de ter matado todos os outros membros da família enquanto dormiam, com a ajuda de quatro empregados, cerca de duas semanas após a chocante descoberta que mudou totalmente seu comportamento, mas que, a não ser por implicações, ele não revelou a ninguém, exceto talvez os empregados que o ajudaram e depois fugiram para nunca mais serem encontrados.

Esse massacre deliberado, que incluiu um pai, três irmãos e duas irmãs, fora em grande medida perdoado pelos aldeões e tratado pela justiça de forma tão leniente que seu perpetrador escapou com honra, incólume e sem disfarce para a Virgínia; o sentimento geral era de que ele havia purgado a terra de uma maldição imemorial. Que descoberta promovera um ato tão terrível, eu não podia nem conjecturar. Walter de la Poer devia conhecer havia tempos as sinistras histórias sobre sua família, de modo que esse material não poderia ter provocado nele nenhum impulso novo. Teria ele, então, testemunhado algum pavoroso rito antigo ou tropeçado em algum símbolo terrível e revelador no priorado ou em suas vizinhanças? Ele tinha reputação de ter sido um jovem tímido e gentil na Inglaterra. Na Virgínia ele parecia menos frio e amargo do que ameaçado e apreensivo. Ele foi mencionado no diário de outro nobre aventureiro,

Francis Harley de Bellview, como um homem de justiça, honra e delicadeza incomparáveis.

No dia 22 de julho ocorreu o primeiro incidente que, embora tenha sido praticamente ignorado na época, assume um significado sobrenatural em relação a eventos ocorridos depois. Foi simples quase a ponto de ser insignificante, e não teria sido notado naquelas circunstâncias, pois é necessário lembrar que desde que eu estava em um prédio praticamente novo e intacto, exceto pelas paredes, e rodeado por um bom grupo de criados, teria sido um absurdo ficar apreensivo, apesar da localidade. O que recordei depois foi simplesmente isto: que meu velho gato negro, cujo comportamento eu conhecia tão bem, estava sem dúvida alerta e ansioso numa medida que não combinava com seu gênio natural. Ele ia de quarto em quarto, inquieto e perturbado, e farejava constantemente as paredes que formavam parte da velha estrutura gótica. Percebo como isso parece tolo, como o inevitável cão nas histórias de fantasmas, que sempre rosna antes que seu dono veja a figura envolta por um lençol branco; no entanto, não consigo suprimir esse detalhe.

No dia seguinte um empregado reclamou que todos os gatos da casa estavam agitados. Ele veio até mim em meu escritório, uma alta sala a oeste no segundo andar que tinha arcos com arestas no teto, painéis de carvalho preto e uma tripla janela gótica que se abria para o penhasco de calcário e o vale desolado; no mesmo momento em que o empregado falava, vi a forma reluzente de Negro rastejando ao longo da parede oeste e arranhando os novos painéis que cobriam a pedra antiga. Eu disse ao homem que deveria haver algum odor ou emanação singular vindo da construção em pedra, imperceptível aos sentidos humanos, mas que afetava a delicada sensibilidade dos gatos mesmo pelo novo trabalho de madeira. Eu realmente acreditava nisso e, quando o sujeito sugeriu a presença de camundongos ou ratos, mencionei que não houvera ratos ali por trezentos anos e que mesmo os ratos-do-campo da região vizinha mal podiam ser encontrados entre aquelas paredes altas, onde eles nunca foram vistos. Naquela tarde visitei o Capitão Norrys, que me garantiu que seria impossível que ratos-do-campo infestassem o priorado de forma tão repentina e inaudita.

Naquela noite, prescindindo como de costume de um valete, retirei-me ao quarto da torre oeste que eu havia escolhido para mim, que era acessado pelo escritório por uma escada de pedra e uma pequena galeria (a primeira parcialmente antiga, e a segunda inteiramente restaurada). Esse quarto era circular, muito alto e não tinha revestimento de lambris, exibindo nas paredes tapeçarias que eu mesmo escolhera em Londres. Vendo que Negro estava comigo, fechei a velha porta gótica e me recolhi à iluminação das lâmpadas elétricas que tão engenhosamente imitavam velas; finalmente apaguei a luz e afundei na cama de madeira entalhada coberta com dossel de quatro colunas, com o respeitável gato em seu lugar costumeiro, deitado aos meus pés. Eu não fechei as cortinas e fiquei olhando pela estreita janela do lado norte que estava à minha frente. Havia um laivo de aurora no céu, e os delicados trançados da janela formavam uma agradável silhueta.

Em algum momento devo ter pegado no sono, pois recordo uma sensação nítida de deixar estranhos sonhos quando o gato saltou violentamente de sua plácida posição. Eu o vi na baça luz da aurora, a cabeça alongada à frente, as patas dianteiras sobre meus tornozelos e as patas traseiras esticadas para trás. Ele olhava intensamente para um ponto da parede do lado oeste da janela, um ponto que para meus olhos não se distinguia por nada, mas na direção do qual toda a minha atenção se voltou. E, quando olhei, soube que Negro não estava nervoso à toa. Se a tapeçaria realmente se mexeu não posso dizer. Acho que sim, bem de leve. Mas o que posso jurar é que por trás dela ouvi um som baixo, mas distinto, como se fosse de ratos ou camundongos correndo. No momento seguinte o gato saltou sobre a tapeçaria, derrubando aquela parte ao chão com seu peso e expondo uma parede úmida e antiga de pedra, remendada aqui e ali pelos restauradores, e sem nenhum traço de roedores à espreita. Negro corria de um lado para o outro ao longo daquela parte da parede, agarrando a tapeçaria caída e aparentemente tentando por vezes inserir uma pata entre a parede e o piso de carvalho. Ele não encontrou nada e depois de um tempo retornou cansado a seu lugar estirando-se sobre meus pés. Eu não me mexera, mas não consegui dormir de novo naquela noite.

    De manhã interroguei todos os empregados e constatei que nenhum deles havia notado nada de anormal, a não ser pela cozinheira, que se lembrava dos movimentos de um gato que havia deitado no parapeito de sua janela. Esse gato uivara em um determinado momento da noite, acordando-a a tempo de ela vê-lo deliberadamente se atirar pela porta aberta na direção da escada. Eu tirei um cochilo ao meio-dia e à tarde visitei mais uma vez o Capitão Norrys, que ficou extremamente interessado no que lhe contei. Os estranhos incidentes, tão sem importância e ao mesmo tempo tão curiosos, estimulavam seu gosto pelo pitoresco e evocavam nele uma série de lembranças das histórias locais de fantasmas. Nós estávamos genuinamente perplexos com a presença dos ratos, e Norrys me emprestou algumas ratoeiras e porções de verde-paris, que eu mandei os empregados colocarem em pontos estratégicos quando voltei para casa.

Recolhi-me cedo, pois estava com muito sono, mas fui molestado por sonhos do tipo mais terrível. Eu parecia estar olhando de uma enorme altura para uma caverna escura e cheia de sujeira, onde um demoníaco porqueiro de barbas brancas conduzia com seu cajado uma vara de animais fungosos e molengos cuja aparência me encheu de uma indizível repulsa. Então, quando o porqueiro parou e meneou a cabeça observando seus animais, um poderoso enxame de ratos choveu no abismo fétido e começou a devorar tanto os animais como o homem.

Dessa terrível visão fui acordado de repente pelos movimentos de Negro, que estivera dormindo como de costume sobre os meus pés. Dessa vez não tive de interrogar a causa de seus rosnados e silvos e do medo que o fazia afundar as garras em meu tornozelo sem perceber que me feria; pois em todos os lados do cômodo as paredes emitiam um som nauseabundo: o pernicioso deslizar de ratos gigantes e famélicos. Não havia nesse momento a luz da aurora para mostrar o estado da tapeçaria (cuja parte caída fora substituída), mas eu não estava por demais amedrontado para acender as luzes.

Quando as lâmpadas se acenderam eu vi um hediondo tremor em toda a tapeçaria, fazendo que as estampas peculiares executassem uma estranha dança da morte. Esse movimento desapareceu quase de imediato, e o som junto com ele. Saltando da cama, cutuquei a tapeçaria com o longo cabo de uma panela de aquecer a cama, que estava à mão, e levantei uma parte para ver o que havia embaixo. Não vi nada além da parede de pedra rebocada, e até o gato perdeu sua percepção tensa de presenças anormais. Quando examinei a ratoeira circular que fora colocada no quarto, vi que todos os orifícios estavam desarmados, embora não houvesse vestígio do que fora capturado e acabara fugindo.

Dormir mais estava fora de questão; então, acendendo uma vela, abri a porta e saí na galeria tomando a direção dos degraus para o escritório, Negro me seguindo de perto. Antes de atingirmos os degraus de pedra, entretanto, o gato correu à minha frente e desapareceu pela antiga escada. Quando eu mesmo descia os degraus, de repente percebi sons na sala abaixo, sons de uma natureza que não podia ser confundida. As paredes revestidas de carvalho estavam cheias de ratos, correndo e roendo, enquanto Negro se agitava pela sala com a fúria de um caçador aturdido. Chegando ao pé da escada, acendi a luz, o que dessa vez não fez o barulho cessar. Os ratos continuavam seu tumulto, disparando com tanta força e nitidez que eu finalmente consegui atribuir a seus movimentos uma direção definida. Essas criaturas, em números aparentemente infindáveis, estavam ocupadas em uma estupenda migração de uma altura inconcebivelmente alta para alguma profundeza concebível ou inconcebivelmente baixa.

OS RATOS NAS PAREDES

Agora eu ouvia passos no corredor, e no momento seguinte dois empregados abriram a enorme porta. Eles estavam buscando na casa alguma causa da perturbação que havia deixado todos os gatos rosnando em pânico e fazendo-os saltar precipitadamente vários lances de escada e se postarem, miando, diante da porta fechada que dava acesso ao segundo porão. Eu lhes perguntei se haviam ouvido os ratos, mas eles responderam que não. E, quando me virei para lhes chamar a atenção para os ruídos nos painéis, percebi que o barulho havia cessado. Com os dois homens, desci para a porta do segundo porão, mas os gatos já haviam se dispersado. Mais tarde resolvi explorar a cripta lá embaixo, mas naquele momento fui verificar as ratoeiras. Todas estavam desarmadas, mas não havia rato nenhum dentro delas. Certificando-me de que mais ninguém ouvira os ratos a não ser os felinos e eu, sentei-me no escritório até o amanhecer, pensando profundamente e recordando cada trecho de lenda que eu havia descoberto sobre a propriedade que eu habitava.

Dormi um pouco antes do meio-dia, recostando-me em uma confortável poltrona que meu planejamento mobiliário medieval não pudera dispensar. Mais tarde telefonei para o Capitão Norrys, que veio até minha casa e me ajudou a explorar o segundo porão. Não encontramos absolutamente nada fora do normal, embora não tenhamos conseguido reprimir um tremor ao sabermos que aquela galeria fora construída por mãos romanos. Cada arco baixo e cada pilar robusto eram romans; não o romanesco aviltado dos grosseiros saxões, mas o classicismo severo e harmonioso da época dos Césares; na verdade, as paredes estavam cheias de inscrições conhecidas dos antiquários que tantas vezes haviam visitado o lugar, coisas como "P. GETAE. PROP... TEMP... DONA..." E "L. PRAEC... VS... PONTIFI... ATYS..."

 A referência a Átis me fez estremecer, pois eu lera Catulo e sabia algo sobre os medonhos ritos do deus oriental, cuja adoração estava tão mesclada com a de Cibele. Norrys e eu, à luz das lanternas, tentamos interpretar os desenhos estranhos e quase apagados em certos blocos de pedra irregularmente retangulares que em geral se considerava serem altares, mas não conseguimos entender nada. Recordamos que um padrão, um tipo de sol raiado, era considerado por estudiosos como de origem não romana, o que sugeria que esses altares tinham simplesmente sido adotados pelos sacerdotes romanos, sendo de algum templo mais antigo e talvez nativo do próprio local. Em um desses blocos havia algumas manchas amarronzadas que me fizeram pensar. O maior, no centro do cômodo, tinha alguns traços na face superior que indicavam sua ligação com o fogo, provavelmente holocausto.

 Eram essas as características daquela cripta diante da qual os gatos tinham uivado, e onde Norrys e eu decidimos passar a noite. Sofás foram trazidos pelos criados, a quem dissemos que não se incomodassem com alguma movimentação noturna dos gatos, e Negro foi admitido tanto por sua ajuda quanto por sua companhia. Decidimos manter a grande porta de carvalho (uma réplica moderna com frinchas que permitiam a ventilação) bem fechada; e, tendo feito isso, nos recolhemos com as lanternas ainda acesas para aguardar o que quer que pudesse acontecer.

OS RATOS NAS PAREDES

A galeria estava muito profundamente incrustada nos alicerces do priorado e sem dúvida bem enterrada na face do saliente penhasco de calcário sobre o vale desolado. De que ela era o que os ruidosos e inexplicáveis ratos buscavam eu não tinha dúvida, embora não soubesse por quê. Enquanto estávamos ali deitados e cheios de expectativas, percebi que minha vigília às vezes se misturava a sonhos malformados dos quais os movimentos inquietos do gato aos meus pés me despertavam. Esses sonhos não eram salutares, mas horrivelmente semelhantes àquele que eu tivera na noite anterior. Vi mais uma vez a caverna escura e o porqueiro com seus indizíveis animais fungosos chafurdando na imundície, e quando olhava para esses seres eles me pareciam mais próximos e mais distintos, tão distintos que eu quase conseguia delimitar suas feições. Então observei as feições molengas de um deles, e acordei dando tamanho grito que Negro se assustou, enquanto o Capitão Norrys, que não tinha adormecido, deu boas gargalhadas. Norrys poderia ter rido mais, ou talvez menos, se tivesse sabido o que me fizera gritar. Mas eu mesmo não me lembrei de nada até bem depois. O máximo horror muitas vezes paralisa a memória de uma forma misericordiosa.

Norrys me acordou quando os fenômenos começaram. Daquele mesmo sonho terrível fui despertado por sua leve sacudida e seu pedido para que eu ouvisse os gatos. Realmente, havia muito para escutar, pois além da porta fechada, no topo dos degraus de pedra, havia um literal pesadelo de gritos e arranhões, enquanto Negro, alheio a seus semelhantes lá fora, corria nervoso ao longo das paredes de pedra desnudas, nas quais ouvi a mesma babel de ratos correndo que havia me perturbado na noite anterior.

Um pavor intenso nasceu então em mim, pois ali estavam anomalias que nenhuma causa normal poderia explicar bem. Aqueles ratos, se não fossem fruto de uma loucura que eu partilhava apenas com os gatos, deviam estar escavando e deslizando nas paredes romanas que eu julgara serem de sólidos blocos de calcário... a não ser, talvez, que a ação da água ao longo de mais de dezessete séculos tivesse aberto túneis tortuosos que os roedores haviam ampliado e desimpedido... Mas, mesmo assim, o horror espectral não diminuía, pois, se esses eram bichos vivos, por que Norrys não ouvia sua repulsiva agitação? Por que ele me instava a observar Negro e a escutar os gatos lá fora, e por que ele tentava adivinhar de forma vaga e incoerente o que poderia tê-los assustado?

No momento em que consegui dizer a ele, com a maior clareza possível, o que eu julgava estar ouvindo, meus ouvidos captaram o último som da correria, que estava ficando inaudível; o ruído se retirara ainda mais para baixo, muito abaixo daquele mais profundo dos porões, até dar a impressão de que todo o penhasco estava eivado de ratos exploradores. Norrys não ficou tão cético como eu antecipara, e na verdade parecia profundamente intrigado. Ele fez um gesto para que eu notasse que os gatos à porta tinham cessado seu clamor, como se dessem os ratos por perdidos, enquanto Negro teve uma explosão de inquietude renovada e arranhava frenético em torno da base do grande altar de pedra no centro do cômodo, que ficava mais perto do sofá de Norrys que do meu.

OS RATOS NAS PAREDES

Meu medo do desconhecido estava nesse momento muito intenso. Algo aterrador havia ocorrido, e vi que o Capitão Norrys, um homem mais jovem, mais robusto e naturalmente mais materialista pelo que se poderia supor, estava tão completamente abalado quanto eu, talvez por causa da sua familiaridade de toda uma vida com as lendas locais. Naquele instante não podíamos fazer nada além de observar o velho gato preto enquanto ele arranhava com intensidade cada vez menor a base do altar, de vez em quando olhando para cima e miando para mim naquele seu modo persuasivo que usava quando queria que eu lhe fizesse algum favor.

Norrys então aproximou uma lanterna do altar e examinou o ponto que Negro estava arranhando; silenciosamente ajoelhando-se e raspando os líquens centenários que uniam o enorme bloco pré-romano ao chão em mosaico. Ele não descobriu nada e estava prestes a abandonar seu esforço quando percebi uma circunstância trivial que me fez estremecer, mesmo que não implicasse nada mais do que eu já havia imaginado. Mencionei o fato a ele, e nós dois olhamos para sua quase imperceptível manifestação com a fixidez da fascinada descoberta e reconhecimento. Era só isto: a chama da lanterna que fora colocada perto do altar estava tremulando; de leve, mas indubitavelmente com uma corrente de ar que a afetava somente naquele instante e que sem dúvida vinha da fenda entre o chão e o altar onde Norrys estivera arrancando os líquens.

Passamos o resto da noite no escritório fartamente iluminado, discutindo, agitados, qual seria o próximo passo a dar. A descoberta de que alguma galeria mais profunda do que a mais profunda construção romana conhecida estava por baixo daquele edifício, alguma galeria não descoberta pelos curiosos antiquários de três séculos, teria sido suficiente para nos estimular sem que fosse necessário um pano de fundo sinistro. Naquelas circunstâncias, a fascinação se tornou dupla, e nós ficamos em dúvida entre abandonar nossa busca e deixar o priorado para sempre, acautelados pelo medo supersticioso, ou se preferíamos gratificar nosso senso de aventura e enfrentar quaisquer horrores que pudessem nos aguardar nas profundezas desconhecidas. Pela manhã chegáramos a um acordo: decidimos ir para Londres e reunir um grupo de arqueólogos e cientistas que pudessem lidar com o mistério. Devo mencionar que antes de deixarmos o segundo porão tínhamos em vão tentado mover o altar central, que agora reconhecíamos como o portal para um novo poço de indizível terror. Homens mais sábios que nós deveriam descobrir o que abriria aquele portal.

Durante vários dias em Londres o Capitão Norrys e eu apresentamos os fatos, conjecturas e anedotas lendárias a cinco eminentes autoridades, todos homens que sem dúvida alguma respeitariam quaisquer revelações de família que futuras explorações pudessem trazer à luz. A maioria deles estava pouco disposta a zombar de nós; pelo contrário, eles estavam intensamente interessados e demonstravam sincera empatia. Não é necessário nomeá-los, mas posso dizer que entre eles estava Sir William Brinton, cujas escavações no Trôade entusiasmaram muitas pessoas do mundo em sua época. Quando entrávamos todos no trem para Anchester, eu me senti prestes a enfrentar terríveis revelações, uma sensação

OS RATOS NAS PAREDES

simbolizada pela atitude de luto entre os muitos americanos diante da morte inesperada do presidente do outro lado do mundo.

Na noite de sete de agosto chegamos ao Exham Priory, onde os empregados garantiram que nada incomum havia acontecido. Os gatos, até mesmo o velho Negro, haviam se comportado de maneira perfeitamente calma. Nenhuma ratoeira da casa fora encontrada desarmada. Devíamos começar a exploração no dia seguinte; acomodei todos os convidados em quartos confortáveis. Eu mesmo me recolhi no meu próprio aposento na torre, com Negro aos meus pés. O sono chegou depressa, mas sonhos horríveis me atormentaram. Havia uma festa romana semelhante àquela de Trimálquio, com algo horrível em uma bandeja coberta. Depois veio a maldita cena recorrente do porqueiro com seus repugnantes porcos na caverna escura. Entretanto, quando acordei era pleno dia, com os ruídos normais da casa lá embaixo. Os ratos, fossem eles seres vivos ou espectros, não tinham me perturbado, e Negro dormia tranquilo. Ao descer, constatei que a mesma tranquilidade reinara em todos os cantos da casa, uma condição que um dos cientistas ali reunidos, um camarada chamado Thornton, que se dedicava a fenômenos paranormais, de forma bastante absurda atribuiu ao fato de que eu agora já tinha visto a coisa que certas forças tinham desejado me mostrar.

Agora estava tudo pronto, e às onze horas da manhã nosso grupo inteiro, composto de sete homens, carregando poderosas lanternas elétricas e implementos de escavação, desceu até o segundo porão e trancafiou a porta atrás de nós. Negro estava conosco, pois os investigadores não acharam conveniente ignorar a inquietação do animal e desejavam muito que ele estivesse presente caso houvesse alguma obscura manifestação de roedores. Notamos as inscrições romanas e os desenhos enigmáticos do altar apenas por alguns instantes, pois três dos estudiosos já os tinham visto, e todos conheciam suas características. Prestou-se muita atenção ao imponente altar central, e dentro de uma hora Sir William Brinton o fez tombar para trás, empurrado por alguma espécie desconhecida de contrapeso.

Revelou-se nesse momento um horror que teria tomado conta de nós se não estivéssemos preparados. Através de uma abertura quase quadrada no chão de pedra, esparramado num lance de escada tão prodigiosamente gasto que quase não passava de um plano inclinado no centro, estava um repulsivo conjunto de ossos humanos ou meio humanos. Os que ainda estavam articulados em um esqueleto mostravam atitudes de pânico, e neles todos estavam marcas de mordidas de roedores. Os crânios não denotavam nada que não fosse idiotismo, cretinismo ou características simiescas primitivas. Acima dos degraus cobertos com aqueles restos diabólicos arqueava-se o teto de um corredor em declive que parecia esculpido na própria rocha, pelo qual vinha uma corrente de ar. Essa corrente não foi uma repentina e nociva lufada, como a que sai de uma galeria fechada, mas uma brisa fria com algo de frescor nela. Não paramos muito tempo, mas trêmulos começamos a limpar a passagem descendo os degraus. Foi então que Sir William, examinando as paredes escavadas, fez a estranha observação de que o corredor, de acordo com a direção dos golpes, devia ter sido esculpido de baixo para cima.

OS RATOS NAS PAREDES

Preciso ser bem cauteloso agora e escolher minhas palavras.

Depois de abrirmos caminho descendo mais alguns degraus entre os ossos roídos, vimos que havia luz à frente; não era uma fosforescência mística, mas uma luz do dia filtrada que não poderia vir senão de alguma fissura desconhecida no penhasco que encimava o vale deserto. Que fissuras desse tipo não tivessem sido notadas pelo lado de fora não era nada surpreendente, pois não só o vale é completamente deserto, mas também o penhasco é tão alto e saliente que apenas um aeronauta poderia estudar sua superfície em detalhe. Mais alguns degraus, e nossas respirações nos foram literalmente roubadas pelo que vimos; tão literalmente que Thornton, o investigador dos fenômenos paranormais, desmaiou nos braços do homem estupefato que estava atrás dele. Norrys, com o rosto rechonchudo completamente branco e flácido, simplesmente gritou sons inarticulados; quanto a mim, acho que o que fiz foi bufar ou chiar e cobrir meus olhos. O homem atrás de mim, o único do grupo que era mais velho que eu, grasnou o banal "Meu Deus!" na voz mais esganiçada que já ouvi. De sete homens cultos, apenas Sir William Brinton manteve a compostura, o que só aumenta o mérito dele, porque liderava o grupo e deve ter sido o primeiro a ver aquilo.

Era uma caverna escura extremamente alta e que se estendia até onde a vista não conseguia alcançar; um mundo subterrâneo de ilimitado mistério e horrível sugestão. Havia construções e outras ruínas arquitetônicas; em apenas um olhar aterrorizado, eu vi um padrão estranho de túmulos, um círculo selvagem de monólitos, uma ruína romana de teto baixo, um edifício saxão esparramado e uma antiga construção inglesa de madeira, mas todos esses eram apequenados pelo diabólico espetáculo apresentado pela superfície geral do chão. Por metros e mais metros em torno dos degraus se estendia um emaranhado insano de ossos humanos, ou pelo menos ossos tão humanos quanto aqueles encontrados nos degraus. Como um mar indistinto eles se espalhavam, alguns destroçados, outros parcial ou totalmente articulados como esqueletos; esses últimos estavam invariavelmente em posições que indicavam um frenesi demoníaco, ou lutando contra alguma ameaça ou se agarrando a outras formas com intenções canibais.

Quando o Dr. Trask, o antropólogo, se abaixou para classificar os cérebros, encontrou uma mistura degradada que o deixou totalmente perplexo. Em sua maioria eles estavam abaixo do Homem de Piltdown na escala da evolução, mas em todos os casos eram definitivamente humanos. Muitos estavam em um estágio superior, e alguns poucos eram crânios de tipos extrema e perceptivelmente desenvolvidos. Todos os ossos estavam roídos, quase todos por ratos, mas em alguns casos por outros seres do grupo meio humano. Misturados a eles estavam muitos ossinhos de ratos: membros caídos do exército letal que fechava a antiga epopeia.

É de causar surpresa que qualquer homem entre nós tenha vivido e mantido a sanidade depois daquele medonho dia de descoberta. Nem Hoffmann nem Huysmans poderiam conceber uma cena mais alucinadamente incrível, mais freneticamente repulsiva ou mais goticamente grotesca do que aquela caverna escura pela qual nós sete cambaleamos, cada um deparando com consecutivas revelações e tentando evitar, pelo menos naquele momento, os pensamentos sobre o que deveria ter acontecido ali trezentos anos, ou mil anos, ou dois mil anos ou dez mil anos atrás. Aquilo era a antecâmara do inferno, e o pobre Thornton desmaiou mais uma vez quando Trask lhe disse que alguns dos esqueletos deviam ter descendido como quadrúpedes através das vinte últimas gerações, ou mais ainda.

Um horror se seguiu a outro horror à medida que começamos a interpretar as ruínas arquitetônicas. Os seres quadrúpedes, com seus ocasionais recrutas feitos entre a classe dos bípedes, tinham sido mantidos em celas de pedra, das quais deviam ter se desvencilhado em seu delírio de fome ou medo dos roedores. Houvera grandes manadas deles, evidentemente engordados com os rudes legumes cujos restos podiam ser encontrados como um tipo de ensilagem venenosa no fundo dos enormes reservatórios de pedra mais velhos que Roma. Agora eu entendia por que meus ancestrais tinham tantos jardins. Céus, como eu queria esquecer! O propósito das manadas eu nem precisava perguntar.

Sir William, parado com sua lanterna nas ruínas romanas, traduziu em voz alta o mais chocante ritual que já conheci e contou da dieta do culto antediluviano que os sacerdotes de Cibele encontraram e mesclaram ao seu próprio. Norrys, acostumado como estava com as trincheiras, não conseguiu andar em linha reta ao sair do edifício inglês. Tratava-se de um açougue e uma cozinha — ele havia esperado isso —, mas era demais ver implementos ingleses familiares num lugar daqueles e ler ali grafites ingleses familiares, alguns que datavam de épocas tão recentes quanto 1610. Eu não consegui entrar naquele edifício — aquele em que as atividades diabólicas só foram impedidas pelo punhal de meu antepassado Walter de la Poer.

Onde me aventurei a entrar foi a baixa construção saxônica cuja porta de carvalho havia caído; ali encontrei uma terrível fileira de dez celas de pedra com grades enferrujadas. Três delas tinham ocupantes, todos esqueletos de alta estirpe, e no osso do dedo de um deles encontrei um anel com meu próprio brasão de armas. Sir William encontrou uma galeria com celas muito mais antigas abaixo da capela romana, mas elas estavam vazias. Abaixo delas havia uma cripta baixa com estojos de ossos metodicamente arrumados, alguns deles exibindo inscrições paralelas gravadas em latim, grego e na língua da Frígia. Enquanto isso, o Dr. Trask tinha aberto um dos túmulos pré-históricos e trouxe à luz crânios que eram ligeiramente mais humanos que o de um gorila e exibiam entalhes indescritivelmente ideográficos. Em meio a todo esse terror, meu gato caminhava pomposo e impassível. Em dado momento eu o vi empoleirado sobre uma montanha de ossos e tentei adivinhar que segredos poderiam estar por trás daqueles olhos amarelos.

Tendo captado em um mínimo grau as atemorizantes revelações daquela área sombria — uma área tão hediondamente prenunciada por meu sonho repetitivo —, voltamo-nos para a infinita profundeza de caverna escura, onde nenhum raio de luz do penhasco podia penetrar. Nós nunca saberemos que cegos mundos sombrios se abrem vorazes mais além da pequena distância que percorremos, pois decidimos que esses segredos não são bons para a humanidade. Mas havia muitas coisas para nos ocupar ali perto, pois não tínhamos avançado muito quando nossas lanternas começaram a iluminar aquela amaldiçoada infinidade de poços em que os ratos se haviam banqueteado, e cuja repentina falta de reposição havia levado o faminto exército de roedores primeiro a buscar as manadas vivas de seres famélicos e em seguida a irromper do priorado naquela histórica orgia de devastação que os camponeses nunca esqueceriam.

Deus do Céu! Aqueles negros poços de ossos quebrados e roídos; aqueles crânios abertos. Aqueles abismos de pesadelo lotados de ossos pitecantropoides, célticos, romanos e ingleses de incontáveis séculos profanos! Alguns estavam cheios, e ninguém pode dizer sua profundidade. Outros ainda não podiam ser alcançados por nossas lanternas, e eram ocupados por fantasmas inomináveis. Que acontecera, eu me perguntava, com aqueles malfadados ratos que caíram nessas armadilhas dentro da escuridão de suas buscas naquele terrível Tártaro?

Em dado momento meu pé escorregou à beira de um precipício enorme, e tive um momento de medo extático. Devo ter ficado ali por um longo tempo, pois não conseguia ver nenhum de nosso grupo a não ser o gorducho Capitão Norrys. Em seguida me atingiu um som provindo daquela distância negra, ilimitada, que eu julgava conhecer; e vi meu velho gato preto passar por mim como um deus egípcio alado, direto para dentro do ilimitado abismo do desconhecido. Mas eu não estava muito atrás, pois não restaram dúvidas após mais um segundo. Era a lúgubre correria daqueles ratos nascidos do diabo, sempre em busca de novos horrores, e determinados a me levar até para aquelas cavernas profundas do centro da Terra, onde Nyarlathotep, o louco deus sem rosto, uiva cegamente ao som da música de dois flautistas idiotas e amorfos.

    Minha lanterna se extinguiu, mas mesmo assim eu corri. Ouvi vozes e uivos e ecos, mas acima de tudo subia suave aquele som profano e pérfido de correria; subindo suave, subindo, como um cadáver rígido e inchado suavemente sobe até a superfície de um rio oleoso sob infindáveis pontes de ônix na direção de um mar negro e pútrido. Alguma coisa se chocou contra mim, algo mole e roliço. Devem ter sido os ratos; o viscoso, gelatinoso, faminto exército que se banqueteia dos mortos e dos vivos. Por que os ratos não deveriam devorar um De la Poer da mesma forma que um De la Poer devora coisas proibidas?... A guerra devorou meu menino, malditos sejam todos eles... e os ianques devoraram Carfax com chamas e incendiaram meu antepassado Delapore e seu segredo... Não, não, não, eu lhe digo, eu não sou aquele demônio porqueiro naquela caverna escura! Não era a cara gorda de Edward Norrys naquela matéria fungosa e molenga! Quem diz que sou um De la Poer? Ele viveu, mas meu filho morreu!... Deve um Norrys possuir as terras de um De la Poer?... É vodu, eu lhe digo... aquela cobra pintada... Maldito seja você, Thornton, vou lhe ensinar a desmaiar diante das façanhas de minha família!... É sangue, seu patife, vou ensinar-vos como vos deleitar... *Teríeis vós essa capacidade?... Magna Mater! Magna Mater!... Atys... Dia ad aghaidh's ad aodann... agus bas dunach ort! Dhonas's dholas ort, agus leat-sa!... Ungl... ungl... rrrlh... chchch...*

OS RATOS NAS PAREDES

Foi isso o que disseram que eu estava falando quando me encontraram na escuridão após três horas; encontraram-me rastejando no escuro sobre o corpo gorducho e semidevorado do Capitão Norrys, com meu próprio gato saltando e arranhando minha garganta. Agora eles explodiram o Exham Priory, levaram meu Negro para longe de mim e me trancaram nesta cela em Hanwell com assustadoras sugestões sobre minha carga genética e minhas experiências. Thornton está na cela ao lado, mas me impedem de conversar com ele. Estão tentando, além disso, suprimir a maioria dos fatos relativos ao priorado. Quando falo do pobre Norrys, eles me acusam de um crime hediondo, mas eles devem saber que não fiz aquilo. Eles devem saber que foram os ratos; os ratos serpeantes e agitados cuja correria nunca mais me deixará dormir; os demoníacos ratos que correm por trás da forração desta cela e sinalizam com horrores maiores ainda do que os que presenciei; os ratos que eles nunca conseguem ouvir; os ratos, os ratos nas paredes.

O MODELO PICKMAN

TRADUÇÃO:
LENITA RIMOLI ESTEVES

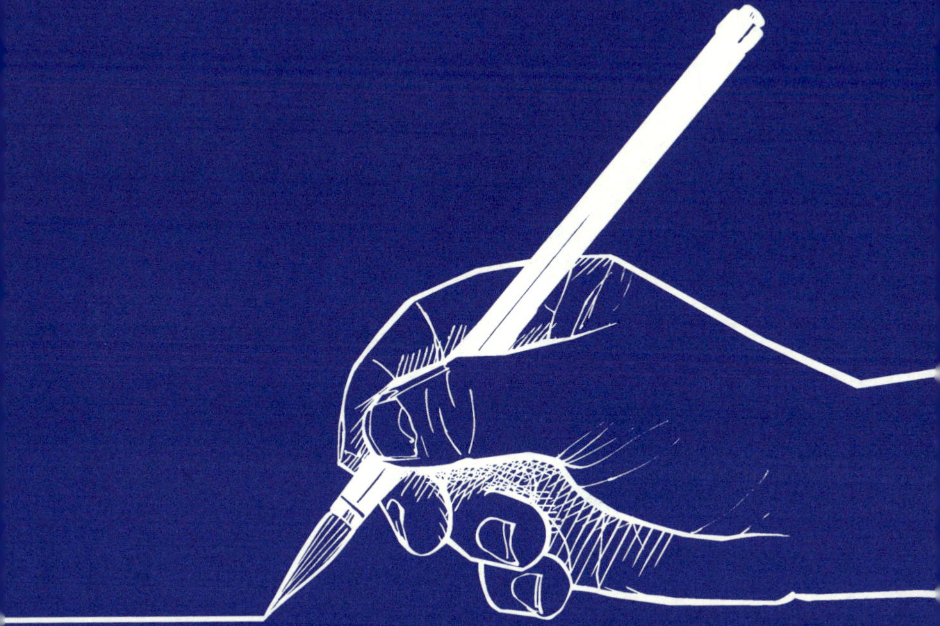

VOCÊ NÃO PRECISA achar que sou louco, Eliot — muitas outras pessoas têm preconceitos mais estranhos que este. Por que você não ri do avô de Oliver, que se recusa a subir num carro a motor? Se não gosto daquele maldito metrô, o problema é meu; e de qualquer forma chegamos aqui mais rápido de táxi. Teríamos de subir a ladeira vindo de Park Hill se tivéssemos vindo de metrô.

Sei que estou mais nervoso agora do que quando você me viu no ano passado, mas você não precisa fazer um estardalhaço por causa disso. Há motivos suficientes, Deus sabe, e acho que tenho sorte de simplesmente estar são. Por que o interrogatório? Você não costumava ser tão curioso.

Bem, se você quer mesmo saber, não vejo por que eu não deveria lhe contar. Talvez você deva mesmo ouvir, pois ficou me escrevendo como um pai aflito quando soube que eu tinha começado a me desligar do Clube Artístico e a ficar longe de Pickman. Agora que ele desapareceu eu vou ao clube de vez em quando, mas meus nervos já não são os mesmos.

Não, não sei o que aconteceu com Pickman, e não gosto nem de imaginar. Você deve ter deduzido que eu tinha alguma informação privilegiada quando me afastei dele — e é por isso que não gosto de pensar para onde ele foi. Deixemos que a polícia descubra o que conseguir — não será grande coisa, a julgar pelo fato de que eles ainda não sabem do antigo prédio que ele alugou no North End sob o nome de Peters. Não tenho certeza de que eu próprio conseguiria reencontrar o lugar — não que eu fosse tentar, mesmo em plena luz do dia! Sim eu sei, ou receio saber, por que ele mantinha o imóvel. Já vou falar disso. E acho que antes que eu termine você vai entender por que eu não informo à polícia. Eles iam me pedir que os levasse até lá, mas eu não conseguiria voltar mesmo se soubesse o caminho. Havia algo ali — e agora eu não consigo mais usar o metrô ou (e você pode rir se quiser) entrar em porões.

Eu achava que você saberia que não me afastei de Pickman pelas mesmas razões idiotas dessas marocas como o Dr. Reid, ou Joe Minot ou Bosworth. A arte mórbida não me choca, e quando um homem tem o gênio que Pickman tinha considero uma honra conhecê-lo, independentemente da direção tomada por seu trabalho. Boston nunca teve um pintor maior que Richard Upton Pickman. Eu afirmei isso no início e ainda o afirmo agora, e continuei exatamente com a mesma atitude quando ele me mostrou aquele "Ghul se alimentando". Isso, você se lembra, foi quando Minot cortou relações com ele.

Você sabe, requer-se arte profunda e percepção profunda da Natureza para produzir o que Pickman produziu. Qualquer ilustradorzinho barato de revista pode jogar tinta ao léu e chamar o resultado de "Pesadelo" ou "Sabá das bruxas", ou "Retrato do Demônio", mas apenas um grande pintor pode realmente fazer um quadro desse tipo que cause medo ou pareça verdadeiro. E isso porque apenas um verdadeiro artista conhece a anatomia concreta do terrível ou a fisiologia do medo — o tipo exato de linhas ou proporções, que se conectam com os instintos latentes ou as lembranças hereditárias do pavor, e os contrastes adequados de cores e efeitos de luz capazes de despertar o senso dormente de estranheza. Eu não preciso lhe dizer por que Fuseli realmente causa um estremecimento, enquanto a capa barata de uma história de fantasma apenas nos faz rir. Existe algo que esses camaradas captam — além da vida — que eles são capazes de nos fazer captar por um segundo. Doré tinha essa capacidade. Sime a tem. Angarola de Chicago a tem. E Pickman a tinha como nenhum outro homem a teve antes dele ou — suplico aos céus — jamais terá outra vez.

Não me pergunte o que é que eles veem. Você sabe, na arte comum, existe toda a diferença do mundo entre as coisas vitais e viçosas desenhadas com base na natureza ou em modelos e as coisas insignificantes que zés-ninguéns interesseiros produzem aos montes em um estúdio. Bem, devo dizer que o artista verdadeiramente exótico tem um tipo de visão que cria modelos ou materializa o que corresponde a cenas reais do mundo espectral onde ele vive. De qualquer forma, ele consegue resultados que diferem dos sonhos prosaicos dos fingidores, na mesma medida em que os resultados de um autêntico pintor diferem dos borrões produzidos por um cartunista que fez curso por correspondência. Se eu tivesse visto o que Pickman viu... Mas não! Olhe, vamos tomar um trago antes que eu me aprofunde mais. Santo Deus, eu não estaria vivo se tivesse visto o que aquele homem — se é que ele era um homem — viu!

Você recorda que o ponto forte de Pickman eram os rostos. Eu acredito que ninguém desde Goya pudesse mostrar tanto do verdadeiro inferno num conjunto de traços ou num flagrante de expressão. E antes de Goya você precisa voltar aos pintores medievais que produziram as gárgulas e quimeras de Notre-Dame ou Mont Saint--Michel. Eles acreditavam em todo tipo de coisa — e talvez vissem todo tipo de coisa também, pois a Idade Média teve algumas fases curiosas. Eu me lembro de você mesmo perguntando a Pickman certa vez, um ano antes de você ir embora, onde diabos ele conseguia aquelas ideias e visões. Não foi mesmo torpe a risada que ele deu? Foi em parte por causa daquela risada que Reid cortou relações com ele. Reid, você sabe, tinha recentemente começado a estudar patologia comparada e estava cheio de pomposos termos especializados sobre a importância biológica ou evolucionária deste ou daquele sintoma físico ou mental. Ele disse que Pickman o repelia mais e mais a cada dia e quase o assustava no final — que os traços e a expressão do camarada estavam lentamente se transformando de uma forma que ele não apreciava; de uma forma que não era humana. Ele tinha muito a dizer sobre dieta, e dizia que Pickman devia ser anormal e excêntrico no grau máximo. Suponho que você tenha dito a Reid, se você e ele tiveram alguma correspondência sobre o assunto, que ele deixava que os quadros de Pickman lhe afetassem os nervos ou lhe atormentassem a imaginação. Sei que eu mesmo disse isso a ele — naquela época.

O MODELO PICKMAN

Mas tenha em mente que não me afastei de Pickman por nenhum motivo desse tipo. Ao contrário, minha admiração por ele só crescia, pois aquele "Ghul se alimentando" foi uma tremenda realização. Como você sabe, o clube recusou-se a exibi-lo e o Museu de Belas Artes não quis aceitá-lo nem de presente, e posso acrescentar que ninguém quis comprá-lo, de forma que Pickman o guardou em casa até partir. Agora o quadro está em poder do pai dele em Salém — você sabe que Pickman vem de uma família antiga de Salém e teve uma antepassada bruxa que foi enforcada em 1692.

Habituei-me a visitar Pickman com frequência, especialmente depois que comecei a fazer anotações para uma monografia sobre a arte sobrenatural. Provavelmente foi o trabalho dele que enfiou essa ideia na minha cabeça e, de qualquer forma, constatei que ele era uma mina de dados e sugestões quando passei a desenvolver o trabalho. Ele me mostrou todos os quadros e desenhos que tinha consigo, até mesmo alguns esboços feitos em bico de pena que teriam, acredito piamente, causado a sua expulsão do clube se muitos dos sócios os tivessem visto. Logo eu estava transformado quase em um aficionado e ficava ouvindo durante horas, como um colegial, teorias da arte e especulações filosóficas loucas o bastante para qualificá-lo para o manicômio de Danvers. Minha adoração de fã juntamente com o fato de que as pessoas estavam em geral começando a ter cada vez menos contato com ele fizeram com que Pickman e eu ficássemos bastante íntimos; e certa noite ele deu a entender que, se eu fosse muito discreto e pouco sugestionável, ele poderia me mostrar algo muito incomum — algo um pouco mais forte que qualquer coisa que ele tinha na casa.

— Você sabe — disse ele —, há coisas que não servem para a Newbury Street, coisas que ficam fora do lugar aqui, e que de qualquer forma não podem ser concebidas aqui. É minha tarefa captar as nuanças da alma, e você não as encontra em um punhado de ruas modernas feitas sobre aterros. Back Bay não é Boston; não é nada ainda, porque não teve tempo para armazenar memórias e atrair espíritos locais. Se houver fantasmas aqui, serão os fantasmas mansos de um pântano salgado ou de uma baía rasa; e eu quero fantasmas humanos; fantasmas de seres suficientemente organizados para terem observado o inferno e conhecido o significado do que viram.

"O lugar para um artista viver é o North End. Se algum esteta fosse sincero, ele se acostumaria com os distritos pobres em nome das tradições acumuladas. Por Deus, homem! Você não percebe que lugares desse tipo não foram simplesmente feitos, mas de fato cresceram por si? Sucessivas gerações viveram e sentiram e morreram ali, e isso nos dias em que as pessoas não tinham medo de viver e sentir e morrer. Você não sabe que havia um moinho em Copp's Hill, em 1632, e que metade das ruas atuais foi projetada por volta de 1650? Posso lhe mostrar casas que estão em pé há dois séculos e meio ou mais; casas que testemunharam o que faria uma casa moderna desmoronar até virar pó. O que os modernos sabem sobre a vida e as forças por trás dela? Você diz que a bruxaria de Salém é uma mentira, mas garanto que minha tataravó poderia lhe contar muitas coisas. Eles a enforcaram em Gallows Hill, com Cotton Mather observando tudo com aquele ar de santarrão. Maldito Mather; ele tinha medo de que alguém conseguisse se livrar dessa horrível prisão de monotonia. Eu queria que alguém lhe tivesse lançado um feitiço ou sugado seu sangue durante a noite!

"Posso lhe mostrar a casa onde ele morou e posso mostrar-lhe outra na qual ele tinha medo de entrar, apesar de toda a sua banca de valentão. Ele sabia de coisas que não ousou colocar naquela Magnalia idiota ou naquelas pueris Maravilhas do mundo invisível. Olhe, você sabe que todo o North End tinha um conjunto de túneis que mantinham as casas de certas pessoas em comunicação umas com as outras, com o cemitério e com o mar? Que eles processassem e perseguissem sobre a terra; todos os dias aconteciam coisas que eles não podiam alcançar, e à noite riam-se vozes que eles não conseguiam localizar!

"Ora, homem, entre dez casas construídas antes de 1700 e que não foram reformadas, aposto que em oito delas posso lhe mostrar algo estranho no porão. Praticamente não se passa um mês sem que você leia sobre operários que encontrem arcos e poços construídos com tijolos e que não levam a lugar algum. Era possível enxergar um poço perto da Henchman Street sobre o elevado no ano passado. Havia bruxas e o que seus feitiços invocavam; piratas e o que eles traziam do mar, contrabandistas, corsários... E vou lhe dizer: as pessoas sabiam como viver e como expandir os limites da vida nos velhos tempos! Este não era o único mundo que um homem corajoso e sábio poderia conhecer, ora, ora! E pensar que, nos dias de hoje, com mentes tão simplórias, até um clube de supostos artistas tem tremores e convulsões se um quadro vai além dos sentimentos de uma mesa de chá na Beacon Street!

"A única graça salvadora do presente é que ele é estúpido demais para questionar o passado a fundo. O que os mapas ou registros ou guias realmente dizem do North End? Bah! No mínimo garanto que levo você a trinta ou quarenta ruelas e a redes de ruelas ao norte da Prince Street que não são conhecidas por dez seres vivos, fora os estrangeiros que as fazem fervilhar. E o que aqueles gringos sabem do significado delas? Não, Thurber, esses lugares antigos sonham sonhos grandiosos e estão inundados de maravilha e terror e fogem do lugar-comum. E apesar disso não existe alma viva para entendê-los e lucrar com eles. Ou melhor, só há uma alma viva: pois não andei fazendo escavações no passado em vão!

"Olhe só, você está interessado nesse tipo de coisa. E se eu lhe contasse que tenho outro estúdio lá em cima, onde posso capturar o espírito noturno do terror antigo e pintar coisas que não poderia nem mesmo conceber na Newbury Street? Naturalmente não digo nada àqueles velhos corocas do clube; com Reid, maldito seja, cochichando como se eu fosse um tipo de monstro escorregando para trás pelo tobogã da evolução. Sim, Thurber, decidi muito tempo atrás que se deve pintar o terror e também a beleza com base na realidade visível, de forma que fiz algumas explorações em lugares onde eu tinha motivos para acreditar que o terror neles habitava.

"Consegui um lugar que não acredito que três nórdicos vivos além de mim tenham visto. Não é muito longe do elevado no que se refere à distância, mas fica séculos afastado quanto à alma. Eu o aluguei por causa do bizarro poço de tijolos no porão; um daquele tipo que mencionei. O lugar está quase desmoronando, de modo que ninguém mais poderia viver ali, e eu odiaria lhe dizer como pago pouco por ele. As janelas são lacradas, mas eu prefiro que seja assim, já que não preciso da luz do dia para minhas atividades. Eu pinto no porão, onde a inspiração é mais densa, mas tenho outros cômodos mobiliados no térreo. O dono é um siciliano, e eu aluguei o imóvel usando o nome de Peters.

"Se você estiver disposto, posso levá-lo hoje à noite lá. Acho que você apreciaria os quadros, pois, como eu disse, ali eu me soltei um pouco. Não é longe daqui. Às vezes vou a pé, pois não quero atrair atenção indo de táxi num lugar daqueles. Podemos pegar o circular na South Station para a Battery Street, e dali a caminhada não é longa."

Bem, Eliot, depois daquela conversa toda, eu não tinha muita coisa a fazer exceto me controlar para não correr em vez de apenas ir caminhando até o primeiro táxi livre que pudéssemos ver. Fizemos a baldeação para o trem elevado na South Station e, por volta das doze horas, tínhamos descido os degraus para a Battery Street, chegando ao grande porto além do Constitution Wharf. Eu não memorizei as ruas intermediárias nem posso lhe dizer ainda qual foi exatamente a que nós pegamos, mas sei que não foi a Greenough Lane.

Quando viramos a esquina, foi para subir a ladeira deserta da ruela mais velha e suja que jamais vi na vida, com águas-furtadas em ruínas, janelas estreitas e quebradas e chaminés arcaicas que se desenhavam em estado de parcial desintegração contra o céu. Não acredito que houvesse três casas por ali que já não estivessem de pé na época de Cotton Mather: com certeza vi pelo menos duas com beirais; uma vez tive a impressão de ver um telhado de duas águas, de um tipo praticamente esquecido hoje em dia e anterior às estruturas com sótãos, embora os antiquários nos digam que desse estilo não resta nenhuma construção em Boston.

Daquela ruela, que era parcamente iluminada, viramos à esquerda e pegamos outra igualmente silenciosa e ainda mais estreita, sem luz alguma, e um minuto depois percorremos no escuro o que acho que tenha sido um ângulo obtuso à direita. Logo depois disso, Pickman sacou uma lanterna e revelou uma porta antediluviana com dez almofadas que parecia irremediavelmente carcomida por carunchos. Ele a destrancou, e me conduziu por um corredor deserto que exibia o que já fora um esplêndido revestimento de carvalho escuro; simples, é claro, mas impressionante e sugestivo da época de Andros e Phipps e da Bruxaria. Em seguida ele me levou por uma porta à esquerda, acendeu uma lamparina a querosene e me disse que ficasse à vontade.

Veja bem, Eliot, eu sou o que as pessoas por aí chamam de "durão", mas confesso que o que vi nas paredes daquela sala me deu uma péssima sensação. Eram quadros dele, você sabe, os que ele não podia pintar nem exibir na Newbury Street. E ele tinha razão quando disse que havia "se soltado". Olhe, tome outro drinque; eu, pelo menos, preciso de um.

Não adianta eu tentar lhe dizer como esses quadros eram, porque o terror hediondo e blasfemo, bem como a inacreditável repugnância e fedor moral, vinha de toques simples que ficavam muito além do poder classificatório das palavras. Ali não havia nada da técnica exótica que se observa num Sydney Sime, nada das paisagens transaturnais e dos fungos lunares que Clark Ashton Smith utiliza para congelar nosso sangue. Os segundos planos eram em sua maioria velhos cemitérios, densas florestas, penhascos junto ao mar, túneis de tijolos, antigas salas revestidas com painéis ou simples passagens abobadadas de alvenaria. O Cemitério de Copp's Hill, que ficava a alguns quarteirões dali, era uma das cenas preferidas.

A loucura e monstruosidade estavam nas figuras em primeiro plano, pois a arte mórbida de Pickman produzia principalmente representações demoníacas. Essas figuras quase nunca eram humanas por completo, embora se aproximassem às vezes mais e às vezes menos da configuração humanoide. Em geral os corpos, embora bípedes, eram curvados para a frente, tendo contornos vagamente caninos. A textura da pele deles tinha um desagradável componente borrachoso. *Ugh!* Posso visualizá-los agora! Suas ocupações... Bem, não peça que eu seja muito preciso. Em geral essas figuras estavam se alimentando, não vou dizer de quê. Algumas vezes apareciam aos grupos em cemitérios ou passagens subterrâneas e em várias ocasiões davam a impressão de estar lutando por sua presa, ou melhor, seu butim. E que expressividade hedionda Pickman conferia aos rostos cegos nessas pilhagens macabras! Ocasionalmente esses seres eram representados pulando por janelas abertas durante a noite, ou acocorados sobre o peito de pessoas adormecidas, fitando suas gargantas. Uma tela mostrava um círculo deles urrando em torno de uma bruxa enforcada no Gallows Hill, cujo rosto morto tinha uma estreita semelhança com os seus próprios.

Mas não fique com a ideia de que toda essa coisa medonha de tema e ambientação foi o que me fez quase desfalecer. Não sou um garotinho de três anos de idade, e já vi muito desse tipo de coisa antes. Foram os seus rostos, Eliot, os malditos rostos que olhavam com malícia e babavam nas telas com o próprio sopro da vida! Por Deus, homem, eu realmente acredito que eles estavam vivos! Aquele nauseabundo bruxo tinha acendido os fogos do inferno para usá-los em seus pigmentos, e seu pincel funcionava como uma vara de condão disseminadora de pesadelos. Passe-me o decânter, Eliot!

Havia um quadro chamado "A lição"... Que os céus me perdoem por tê-lo visto! Escute: você pode imaginar um círculo de abomináveis criaturas caninas acocoradas em um cemitério ensinando a uma criancinha como se alimentar do jeito deles? O preço de uma criança trocada, imagino: você conhece o velho mito sobre como os seres macabros deixam suas crias em berços em troca dos bebês humanos que roubam. Pickman estava mostrando o que acontece com esses bebês roubados, como eles crescem; e então comecei a perceber uma hedionda relação nos rostos das figuras humanas e não humanas. Ele estava, em todas as suas gradações de morbidade entre o escancaradamente não humano e o humano degradado, estabelecendo uma sardônica ligação e evolução. Os seres caninos se desenvolviam por meio dos mortais!

E tão logo me perguntei o que ele fazia com as próprias crias deles deixadas com os humanos na forma de bebês trocados, meu olho capturou um quadro que representava exatamente essa ideia. O ambiente era o interior de uma antiga casa puritana: uma sala de vigas pesadas com janelas de treliças, um grande banco de madeira e móveis toscos do século XVII; e com a família sentada ao seu redor o pai lia as Escrituras. Todos os rostos mostravam nobreza e reverência, exceto um, que revelava a zombaria dos infernos. Era o rosto de um jovem que supostamente era filho daquele devoto pai, mas em essência o tal jovem era parente de seres imundos. Era o filho trocado deles; e, numa atitude de suprema ironia, Pickman atribuíra aos seus traços uma semelhança bastante perceptível com os dele próprio.

Nessas alturas, Pickman tinha acendido uma lamparina em uma sala contígua e polidamente segurava uma porta aberta para mim, indagando se eu me interessava em ver seus "estudos modernos". Eu ainda não conseguira expressar minhas opiniões; eu estava mudo com o pavor e a repulsa, mas acho que ele percebia isso claramente e se sentia muito elogiado. E agora quero lhe assegurar mais uma vez, Eliot, que não sou nenhum menino mimado que grita diante de qualquer coisa que parece um pouco diferente do usual. Sou um homem de meia-idade e de bastante sofisticação, e acho que você testemunhou o suficiente de mim na França para saber que não sou facilmente derrotado. Recorde-se, também, de que eu tinha acabado de recobrar o fôlego e me acostumado com aqueles horrendos quadros que transformavam a Nova Inglaterra colonial em um tipo de anexo do inferno. Bem, apesar de tudo isso, essa sala contígua me fez literalmente gritar, e eu precisei me agarrar no batente da porta para não cair de joelhos no chão. O quarto anterior tinha exibido uma série de *ghuls* e bruxas povoando o mundo de nossos antepassados, mas esse outro trazia o horror diretamente para nossa vida cotidiana!

Meu Deus, como aquele homem pintava! Havia um estudo denominado "Acidente no metrô", em que um bando de seres vis subia de alguma catacumba desconhecida por meio de uma rachadura no assoalho do metrô da Boylston Street e atacava uma multidão na plataforma. Outro mostrava uma dança entre os túmulos de Copp's Hill sobre um pano de fundo dos dias atuais. Em seguida havia uma grande quantidade de cenas de porões, com monstros surgindo através de buracos e fissuras na alvenaria, arreganhando os dentes enquanto se acocoravam atrás de barris ou fornos para aguardar a primeira vítima que descesse os degraus.

Uma tela repulsiva parecia exibir um amplo corte transversal de Beacon Hill, com exércitos de monstros pútridos se movimentando feito formigas que se amontoavam na entrada das covas que se multiplicavam no chão. Danças em cemitérios modernos eram livremente representadas, e uma outra concepção de certa forma me chocou mais do que todo o resto: uma cena em uma galeria desconhecida, onde dezenas de feras se amontoavam em torno de uma que segurava um conhecido guia de Boston e estava evidentemente lendo em voz alta. Todos apontavam para uma determinada passagem, e cada rosto parecia tão distorcido com um riso epilético e reverberante que eu quase acreditei ouvir os satânicos ecos. O título do quadro era "Holmes, Lowell e Longfellow jazem enterrados em Mount Auburn".

Enquanto eu gradualmente me aprumava e me reajustava a esse segundo cômodo de figuras diabólicas e mórbidas, comecei a analisar alguns dos pontos da razão da minha repulsa. Em primeiro lugar, disse a mim mesmo, aquelas figuras eram repulsivas por causa da total inumanidade e insensível crueldade que elas demonstravam existir em Pickman. O homem devia ser um implacável inimigo de toda a humanidade para derivar tanto êxtase da tortura de mente e corpo e da degradação da morada dos mortos. Em segundo lugar, elas aterrorizavam por sua magnificência. A arte daquelas telas era uma arte que convencia; quando alguém olhava os quadros via neles os próprios demônios e sentia medo deles. E o mais estranho de tudo era que Pickman não obtinha seu poder de detalhes fantásticos ou bizarros. Nada era borrado, nem distorcido, nem convencionalizado; os perfis eram precisos e naturais, os detalhes eram quase dolorosamente definidos. E os rostos!

Não era qualquer simples interpretação de artista o que a pessoa via; era o próprio pandemônio; perfeitamente claro e com total objetividade. Era isso, por Deus! O homem não era fantasista nem imaginativo, de modo algum. Ele nem tentava nos oferecer o caráter esfumaçado e efêmero dos sonhos, mas fria e sardonicamente refletia algum estável, mecanicista e bem organizado mundo de horrores que ele via de forma plena, brilhante, nítida e perfeita. Deus sabe lá o que aquele mundo pode ter sido, ou onde ele pôde vislumbrar as formas blasfemas que circulavam e andavam e rastejavam nele; mas independentemente da intrigante fonte de suas imagens, uma coisa era evidente: Pickman era em todos os sentidos, na concepção e na execução, um realista completo, apurado e quase científico.

Meu anfitrião agora me conduzia descendo a escada que levava ao porão, onde ficava seu verdadeiro estúdio, e eu me preparei para algum efeito demoníaco entre as telas inacabadas. Quando chegamos ao final da escada úmida, ele apontou a lanterna para um ponto do grande espaço aberto onde estávamos, revelando a borda circular feita de tijolos do que evidentemente era um grande poço no chão de terra. Chegamos mais perto e constatei que ele tinha um metro e meio de diâmetro, com paredes com trinta centímetros de espessura e uns quinze de altura, uma estrutura sólida do século XVII, ou então eu estava muito enganado. Aquilo, Pickman disse, era o tipo de coisa sobre a qual ele estivera falando: um acesso para a rede de túneis que costumava socavar a colina. Notei distraído que o poço não parecia estar tampado por tijolos, e que um pesado disco de madeira formava sua aparente cobertura. Pensando nas coisas com as quais aquele poço poderia estar conectado, se as sugestões malucas de Pickman não fossem apenas peças de retórica, tive um leve tremor; depois me virei para segui-lo, subindo um degrau e passando por uma porta estreita que dava para um cômodo de bom tamanho, com assoalho de madeira e mobiliado como um estúdio. Uma lamparina de gás de acetileno fornecia a luz necessária para o trabalho.

As telas inacabadas sobre cavaletes ou encostadas nas paredes eram tão assustadoras como as já prontas do andar de cima e mostravam os métodos apurados do artista. As cenas eram esboçadas com extremo cuidado, e os contornos traçados a lápis denotavam a minuciosa exatidão usada por Pickman para obter a perspectiva e as proporções corretas. O homem era grande, digo isso até mesmo hoje, sabendo de tudo o que sei. Uma grande câmera fotográfica sobre a mesa atraiu minha atenção, e Pickman me disse que ele a usava para registrar cenas para seus panos de fundo, de modo que pudesse pintá-los no estúdio por meio de fotografias, em vez de carregar seus instrumentos pela cidade para captar esta ou aquela cena. Ele achava que uma fotografia era tão bom quanto uma cena real ou um modelo para um trabalho consistente, e declarou que usava esse recurso regularmente.

Havia algo muito perturbador naqueles nauseabundos esboços e monstruosidades semiacabadas de olhar malicioso em cada canto do cômodo, e, quando Pickman de repente levantou o pano que estava sobre uma enorme tela do lado oposto ao da luz, não consegui conter um grito, o segundo que emiti naquela noite. Ele ecoou muitas vezes pelas galerias escuras daquele sombrio e salitroso porão, e tive de engolir um fluxo de reação que ameaçava explodir em uma risada histérica. Meu bom Deus! Eliot, mas não sei em que medida aquilo era real e em que medida era fruto de uma fantasia febril. Não me parece que a Terra possa abarcar um sonho como aquele.

Era uma inominável e colossal blasfêmia com chamejantes olhos vermelhos, que segurava nas garras ossudas algo que fora um homem. A criatura mordiscava a cabeça como uma criança mordisca um doce. Estava numa posição meio agachada, e quando o observador olhava tinha a impressão de que a qualquer momento o monstro poderia soltar sua vítima atual para buscar uma iguaria mais suculenta. Mas, maldição: não era o tema demoníaco que transformava aquele desenho em um manancial infinito do mais profundo pânico: não era o tema nem o rosto de cão com orelhas pontudas, nem os olhos injetados de sangue, nem o nariz achatado, nem os lábios cheios de baba. Não eram as garras escamadas, nem o corpo coberto de limo, nem os pés forcados. Não era nada disso, embora cada um desses aspectos pudesse muito bem ter levado um homem sugestionável à loucura.

Era a técnica, Eliot. A maldita, ímpia e sobrenatural técnica! Juro pela minha vida, nunca vi verdadeiro sopro da vida tão incorporado em uma tela. O monstro estava lá: ele olhava e roía e roía e olhava... e eu sabia que apenas uma suspensão das leis da natureza poderia ter permitido que um homem pintasse uma criatura daquelas sem um modelo, sem algum vislumbre do mundo subterrâneo que mortal nenhum que não tenha sido vendido ao demônio jamais teve.

Preso com um percevejo a uma parte vazia da tela havia um papel muito amarrotado; provavelmente, pensei, era uma fotografia por meio da qual Pickman planejava pintar um pano de fundo tão medonho como o pesadelo que deveria realçar. Estendi a mão para desenrolá-lo e examiná-lo, quando de repente Pickman estremeceu como se tivesse levado um tiro. Ele estivera ouvindo com muita atenção desde que meu grito aterrorizado havia despertado ecos incomuns no porão escuro, e agora ele parecia estar tomado de um terror que, embora não se comparasse ao meu, era mais físico do que espiritual. Ele sacou um revólver e fez sinal para que eu me calasse; em seguida foi para o cômodo principal do porão e fechou a porta atrás de si.

Acho que fiquei paralisado por um instante. Ouvindo atentamente como Pickman, imaginei ter percebido em algum ponto um som de correria bem fraco, e uma série de gritos e lamúrias num ponto que eu não conseguia determinar. Pensei em ratos enormes e estremeci. Depois veio um estrépito meio silenciado e fiquei com a pele toda arrepiada: um som furtivo, como se alguém estivesse tateando no escuro, embora eu não possa nem tentar conceber o que quero dizer em palavras. Era como madeira pesada caindo sobre pedra ou tijolo, madeira sobre tijolo, no que aquilo me fazia pensar?

O ruído se repetiu, e mais alto. Houve uma vibração como se a madeira tivesse caído mais longe que da primeira vez. Em seguida ouvi um rangido estridente, sons inarticulados da voz de Pickman, e a descarga ensurdecedora de todas as balas de um revólver, disparadas da mesma forma espetacular como um domador de leões disparando para cima para assustar. Um guincho e um grito abafados, e em seguida um baque surdo. Depois houve mais madeira e tijolos rilhando, uma pausa, e a porta se abriu. Nesse momento, confesso que tive um sobressalto. Pickman reapareceu com sua arma soltando fumaça, blasfemando contra os malditos ratos que infestavam o antigo poço.

— Só o diabo sabe o que eles comem, Thurber — disse ele com um sorriso sarcástico —, pois esses túneis arcaicos atingiam cemitérios, covas de bruxas e litorais. Mas qualquer que seja o alimento, eles devem ter ficado sem nada, pois estavam alucinados para sair. Seus gritos devem tê-los agitado, eu acho. É melhor tomar cuidado nestes lugares antigos: nossos amigos roedores são o único ponto negativo, embora às vezes eu chegue a pensar que eles trazem alguma vantagem em termos de atmosfera e cor.

Bem, Eliot, esse foi o final da aventura daquela noite. Pickman prometera me mostrar o lugar, e Deus sabe que ele o fez. Ele me conduziu para fora do emaranhado de ruelas em outra direção, ao que parece, pois quando avistamos um poste de iluminação estávamos em uma rua meio familiar, com monótonas fileiras de prédios e velhas casas. No final das contas era a Charter Street, mas eu estava muito agitado para notar em que ponto exatamente nós a atingimos. Era muito tarde para o trem elevado, de forma que caminhamos de volta para o centro da cidade pela Hanover Street. Lembro-me daquela caminhada. Saímos da Tremont na altura da Beacon, e Pickman me deixou na esquina da Joy, onde nos separamos. Nunca mais falei com ele.

Por que me afastei de Pickman? Não seja impaciente. Espere até que eu toque a campainha pedindo café. Já tomamos o suficiente da outra bebida, mas eu, pelo menos, preciso de algo. Não; não foi por causa dos quadros que vi naquele lugar, embora eu possa jurar que eles eram o bastante para Pickman ser rejeitado em nove entre dez casas e clubes de Boston, e acho que você não vai se perguntar agora por que preciso evitar metrôs e porões. Foi... algo que encontrei em meu casaco na manhã seguinte. Você sabe, o papel amarfanhado que pendia da tela no porão; aquilo que julguei ser uma foto de alguma cena que ele pretendia usar como pano de fundo para aquele monstro. O último golpe de pavor ocorreu quando eu estava tentando pegar o papel para desenrolá-lo, e parece que sem querer eu o enfiei no bolso. Mas aí está o café... Tome-o puro, Eliot, se for esperto.

O MODELO PICKMAN

Sim, aquele papel foi o motivo de eu ter me afastado de Pickman; Richard Upton Pickman, o maior artista que jamais conheci; e a mais sórdida criatura que jamais saltou da fronteira da vida para os abismos do mito e da loucura. Eliot... o velho Reid estava certo. Ele não era exatamente humano. Ou ele nasceu sob uma sombra estranha, ou encontrou um modo de destrancar o portão proibido. Agora não faz diferença, pois ele se foi... Ele se foi de volta à fabulosa escuridão que ele amava assombrar. Aqui, vamos manter a lamparina acesa.

Não me peça que explique nem mesmo conjecture sobre o que queimei. Também não me pergunte o que estava por trás do ruído de toupeira que Pickman tão ansiosamente fez passar por ratos. Há segredos, você sabe, que podem ter vindo dos velhos tempos de Salém, e Cotton Mather conta coisas ainda mais estranhas. Você sabe como eram realistas os quadros de Pickman e como nos indagávamos sobre onde ele obtinha aqueles rostos.

Bem... aquele papel não era a foto de nenhum pano de fundo, no fim das contas. O que ele mostrava era simplesmente o ser monstruoso que Pickman estava pintando naquela tela horripilante. Era o modelo que ele estava usando... e cujo pano de fundo era apenas a parede do estúdio no porão, representada em detalhes. Mas, por Deus, Eliot, era uma fotografia de uma criatura real!

A GRAVURA DA CASA MALDITA

TRADUÇÃO:
LENITA RIMOLI ESTEVES

PESSOAS QUE BUSCAM o terror visitam lugares estranhos e longínquos. A elas se destinam as catacumbas dos Ptolomeus e os mausoléus esculpidos dos países do pesadelo. Elas escalam as torres de castelos em ruínas do Reno à luz do luar e descem cambaleando negros degraus cobertos de teias de aranha sob as pedras soltas de cidades esquecidas da Ásia. A floresta assombrada e a montanha deserta são seus santuários, e elas se demoram em torno de soturnos monólitos em ilhas desabitadas. Mas o verdadeiro epicurista nas questões do terrível, para quem um novo frêmito de indizível horror é o principal objetivo e justificativa de sua existência, estima acima de tudo as velhas e solitárias residências rurais no interior da Nova Inglaterra, pois ali os elementos obscuros de força, solidão, grotesco e ignorância se associam para formar à perfeição o que é hediondo.

Compõem as mais horríveis cenas as casinhas de madeira sem pintura, afastadas de caminhos mais viajados, em geral acachapadas sobre alguma ladeira úmida e coberta de mato, ou penduradas em uma gigantesca saliência de rocha. Há duzentos anos ou mais elas permanecem nesses lugares, acachapadas ou penduradas, enquanto as trepadeiras sobem e as árvores encorpam e ampliam suas frondes. Elas ficam praticamente escondidas agora em anárquicas exuberâncias de mata e protetoras mortalhas de sombras; mas as janelas pequenas ainda espreitam de forma chocante, como se piscassem através de um estupor letal que repele a loucura pelo amortecimento da memória de coisas indizíveis.

    Nesse tipo de casa moraram gerações de pessoas estranhas, de um tipo que o mundo nunca viu. Tomados por uma crença melancólica e fanática que os isolou de seus semelhantes, seus ancestrais buscaram lugares desertos onde pudessem ter liberdade. Ali os descendentes de uma raça conquistadora de fato floresceram livres das restrições de seus semelhantes, mas se acovardaram numa espantosa escravidão, submetidos aos sinistros fantasmas de suas próprias mentes. Divorciada do esclarecimento da civilização, a força desses puritanos voltou-se para estranhos canais e, em seu isolamento, mórbida autorrepressão e luta pela sobrevivência em meio a uma natureza impiedosa, eles acabaram assumindo sombrios e furtivos traços das profundezas pré-históricas de sua fria herança do norte. Práticas por necessidade e austeras por sua filosofia, essas pessoas não eram belas por seus pecados. Errando como o fazem todos os mortais, elas se viram forçadas por seu rígido código a buscar, acima de tudo, o ocultamento; dessa forma, passaram a ter cada vez menos gosto no que ocultavam. Apenas as silenciosas, sonolentas e vigilantes casas do interior podem contar tudo o que foi ocultado desde os primórdios, e elas não são comunicativas, odiando desvencilhar-se da sonolência que as ajuda a esquecer. Algumas vezes a pessoa sente

A GRAVURA DA CASA MALDITA

que seria caridoso demolir essas casas, pois elas devem muitas vezes sonhar.

Foi para um desses imóveis castigados pelo tempo que fui levado numa tarde de novembro de 1896, fugindo de uma chuva tão torrencial e fria que qualquer abrigo era preferível a ficar exposto. Eu estivera viajando havia algum tempo, em visitas a pessoas do Vale do Miskatonic em busca de certos dados genealógicos; como meu caminho era remoto, tortuoso e problemático, eu havia considerado conveniente ir de bicicleta, embora já estivesse adiantada a estação. Naquele momento me encontrava numa estrada aparentemente abandonada que eu escolhera como o atalho mais curto para Arkham. Alcançado pela tempestade em um ponto distante de qualquer cidade, não encontrei nenhum refúgio salvo a antiga e repelente casa de madeira que piscava com janelas sombrias entre dois enormes olmos desfolhados no sopé de uma colina rochosa. Embora ficasse longe daquele resíduo de estrada, a casa me impressionou de maneira desfavorável no mesmo momento em que a avistei. Estruturas saudáveis e honestas não olham para os viajantes de forma tão maliciosa e assustadora, e nas minhas pesquisas genealógicas eu encontrara lendas do século anterior que me predispunham contra lugares como aquele. Entretanto, a força dos elementos era tamanha que superou meus escrúpulos, e não hesitei em conduzir minha bicicleta subindo a ladeira cheia de mato até a porta fechada que parecia ao mesmo tempo tão sugestiva e dissimulada.

De alguma forma eu havia pressuposto que a casa estava abandonada, mas quando me aproximei não tive tanta certeza, pois, embora os acessos estivessem realmente cheios de mato, eles pareciam ordenados demais para demonstrarem abandono total. Portanto, em vez de forçar a porta eu bati, sentindo certa trepidação que mal podia explicar. Enquanto esperava sobre a pedra áspera e musgosa que servia de soleira, olhei as janelas próximas e a vidraça no lintel acima de mim e percebi que, embora antiga e cheia de poeira, ela não estava quebrada. A casa, então, deveria estar ainda ocupada, apesar de seu aspecto de isolamento e abandono. Entretanto, minhas batidas não tiveram resposta, de modo que depois de repeti-las forcei o trinco enferrujado e vi que a porta estava destrancada. Adentrei um vestíbulo com paredes cujo revestimento de gesso estava caindo e pela entrada provinha um odor fraco mas peculiarmente odioso. Entrei carregando minha bicicleta e fechei a porta atrás de mim. À frente havia uma escada estreita ladeada por uma porta que provavelmente levava ao porão, ao passo que à direita e à esquerda estavam portas fechadas que conduziam aos cômodos do térreo.

Encostei minha bicicleta na parede, abri a porta da esquerda e entrei num quarto de teto baixo, cuja parca iluminação vinha de duas janelas bem empoeiradas, mobiliado da maneira mais rudimentar e primitiva. Parecia ser um tipo de sala de estar, pois ali havia uma mesa e várias cadeiras, além de uma imensa lareira sobre o aparador da qual tiquetaqueava um antigo relógio. Livros e papéis eram poucos, e na reduzida claridade eu não consegui discernir prontamente os títulos. O que me interessou foi a uniforme atmosfera de arcaísmo exibida em todos os detalhes. A maioria das casas naquela região eram cheias de relíquias do passado, mas ali a antiguidade era curiosamente completa; em toda a sala eu não conseguia encontrar um único objeto que fosse de uma época após a revolução. Se o mobiliário não fosse tão humilde, o lugar seria o paraíso para um colecionador.

Enquanto eu observava aquele cômodo estranho, senti aumentar a aversão que de início me causara o desolado interior da casa. O que exatamente eu odiava ou temia não me era possível de forma alguma definir; mas algo na atmosfera parecia cheirar a uma época iníqua, a uma desagradável crueza e a segredos que deveriam ser esquecidos. Não senti vontade de me sentar e me movimentei pela sala analisando os artigos que havia notado. O primeiro objeto de minha curiosidade foi um livro de proporções médias que jazia sobre a mesa e tinha um aspecto tão antediluviano que me surpreendi de estar olhando para ele fora de uma biblioteca ou de um museu. Era encadernado com couro e tinha detalhes de metal, apresentando excelente estado de conservação; era completamente improvável encontrar um livro daquele tipo numa casa tão humilde. Quando o abri na página de rosto fiquei ainda mais surpreso, pois percebi que se tratava de nada menos raro do que o relato feito por Pigafetta sobre a região do Congo, escrito em latim com base nas notas do marinheiro Lopez e impresso em Frankfurt em 1598. Eu sempre ouvira falar dessa obra, com suas curiosas gravuras feitas pelos irmãos De Bry, de modo que pelo momento o desejo de virar as páginas à minha frente me fez esquecer a inquietação que sentia. As gravuras eram realmente interessantes, concebidas totalmente pela imaginação e por descrições negligentes, e representavam negros com peles brancas e traços caucasianos. Eu não teria fechado logo o livro se uma circunstância extremamente trivial não tivesse perturbado meus nervos cansados e despertado outra vez minha sensação de inquietude. O que me incomodava era apenas o persistente modo como o volume tendia a ficar aberto na Prancha XII, que representava em repulsivos detalhes um açougue da tribo canibal dos Anziques. Senti certa vergonha pela minha susceptibilidade a algo tão trivial, mas a gravura no entanto me perturbou, especialmente em conexão com algumas passagens adjacentes que descreviam os hábitos alimentares dos Anziques.

Eu me voltara para uma estante e estava examinando os parcos conteúdos literários — uma Bíblia do século XVIII, um exemplar de "O peregrino" da mesma época, ilustrado com grotescas xilogravuras e impresso pelo produtor de almanaques Isaiah Thomas, um enorme volume meio podre da Magnalia Christi Americana de Cotton Mather e alguns outros livros praticamente da mesma época — quando minha atenção foi despertada pelo inconfundível som de passos no cômodo acima. De início atônito e assustado, considerando-se a falta de resposta às minhas recentes batidas na porta, concluí em seguida que a pessoa lá em cima havia acabado de acordar de um sono profundo. Fiquei ouvindo com menos surpresa enquanto os passos faziam ranger os degraus da velha escada. Eram passos pesados, mas pareciam encerrar um curioso aspecto de precaução, uma qualidade que me causou mais aversão em virtude de os passos serem pesados. Ao entrar eu fechara a porta atrás de mim. Agora, depois de um minuto de silêncio durante o qual a pessoa devia ter inspecionado minha

A GRAVURA DA CASA MALDITA

bicicleta no saguão, ouvi o ruído da maçaneta e vi a porta almofadada se abrir mais uma vez.

Na entrada da sala estava uma pessoa de aparência tão singular que eu teria dado um grito se não fosse tolhido pelas boas maneiras. Velho, de barbas brancas e em farrapos, meu anfitrião tinha um semblante e um físico que inspiravam simultaneamente espanto e respeito. Ele não poderia ter menos de 1,80 m e, apesar de um aspecto geral de velhice e pobreza, era robusto e forte em compensação. O rosto, quase escondido por uma longa barba que lhe subia alto nas faces, parecia incomumente corado e menos enrugado do que se esperaria, ao passo que sobre a fronte alta lhe caía uma mecha de cabelo branco pouco escasseado pelos anos. Seus olhos azuis, embora um pouco injetados de sangue, eram inexplicavelmente vivos e penetrantes. Não fosse por seu horrível desmazelo, o homem seria distinto na mesma medida em que era impressionante. Seu desmazelo, entretanto, o tornava repulsivo apesar de seu rosto e porte. Em que consistiam suas vestes eu mal podia adivinhar, pois me parecia não irem além de uma massa de farrapos cobrindo um par de botas altas e pesadas; além disso, sua falta de asseio ultrapassava qualquer descrição.

A aparência daquele homem, junto com o medo que ele inspirava, me prepararam para algo como a inimizade, de modo que quase estremeci de surpresa e tive uma sensação de estranha incongruência quando ele me apontou uma cadeira e se dirigiu a mim com uma voz cheia de respeito lisonjeiro e agradável hospitalidade. Sua fala era muito estranha, uma forma antiga de um dialeto que eu considerava já estar extinto havia muito tempo, de modo que prestei muita atenção a ele enquanto se sentava diante de mim para conversarmos.

— Vosmecê apanhou chuva, não é? — disse ele me saudando. — Inda bem que estava cerca da casa e teve o tino de entrar. Calculo que eu estava a dormir, senão o teria ouvido. Não sou tão jovem quanto já fui. Hoje em dia preciso dormir longas horas. Jornadeando por estas paragens? Não vejo muitos transeuntes por aqui desde que acabaram com a diligência de Arkham.

Respondi que estava indo para Arkham e pedi desculpas pelo modo rude como entrei em sua casa; em seguida ele continuou:

— Felicito-me em vê-lo — rostos novos são raros por aqui, e eu não tenho muito com o que me entreter nestes dias. Suponho que vosmecê seja de Boston. Nunca estive lá, mas sei reconhecer um homem da cidade quando o vejo. Tínhamos um como mestre-escola do distrito em 84, mas ele abandonou os alunos e ninguém mais o viu.

Nesse ponto, o velho começou a rir à socapa, e não disse nada quando pedi mais explicações. Ele parecia estar de extremo bom humor, mas mesmo assim retinha as excentricidades que se poderiam presumir pela sua aparência. Por mais algum tempo ele continuou falando com uma jovialidade quase febril, quando me lembrei de indagar como ele encontrara um livro tão raro como o "Regnum Congo" de Pigafetta. O efeito daquele volume não me abandonara, e eu sentia certa hesitação em mencioná-lo, mas a curiosidade falou mais alto que todos os medos vagos que se acumulavam cada vez mais desde que eu vira a casa. Para meu alívio, a pergunta não foi mal recebida: o velho respondeu de forma tranquila e fluente.

A GRAVURA DA CASA MALDITA

— O livro da África? O Capitão Ebenezer Holt mo vendeu em 68, ele que foi abatido na guerra.

Algo no nome Ebenezer Holt me fez erguer de repente os olhos. Eu o havia encontrado em meu trabalho genealógico, mas não em registro algum após a Revolução. Achei que talvez meu anfitrião pudesse me ajudar no trabalho a que eu estava me dedicando, portanto resolvi lhe perguntar sobre isso mais tarde. Ele continuou:

— Ebenezer esteve em um navio mercante de Salém por alguns anos e encontrava coisas bizarras em cada porto. Conseguiu o livro em Londres, presumo eu. Ele sempre gostava de adquirir coisas nas lojas. Certa vez eu estava na casa dele na colina, negociando cavalos, e vi o livro. Apreciei as gravuras, então ele mo deu em troca num negócio que fizemos. É um livro invulgar... Espere, deixe-me pegar minha luneta.

O velho procurou entre seus farrapos e apanhou um par de óculos sujos e incrivelmente antigos com pequenas lentes octogonais e aros de aço. Colocando-os, ele esticou a mão para apanhar o livro na mesa e o folheou com carinho.

— Ebenezer conseguia ler um pouco disto... é latim. Mas eu não consigo. Tive dois ou três mestres-escolas, que me ensinaram um pouco, e o Pastor Clark, que dizem ter se afogado no lago... Vosmecê entende alguma coisa disso?

Eu disse a ele que entendia e traduzi um parágrafo perto do início. Se errei, ele não tinha conhecimento suficiente para me corrigir, pois parecia puerilmente satisfeito com minha versão para o inglês. Sua proximidade estava se tornando detestável, mas eu não via como escapar sem ofendê-lo. Diverti-me com o modo como aquele velho ignorante apreciava feito uma criança as gravuras de um livro que não conseguia ler, e me perguntei em que medida ele conseguiria ler melhor os livros em inglês que adornavam sua sala. Essa revelação de simplicidade amainou boa parte da apreensão mal definida que eu tinha sentido, e sorri enquanto meu anfitrião continuava falando.

— Incrível como ilustrações podem colocar alguém para pensar. Veja esta perto do início. Vosmecê já viu árvores como essas, com grandes folhas esvoaçantes? E os homens... eles não podem ser negros. Mais parecem índios, eu acho, mesmo que estejam na África. Algumas das criaturas aqui parecem macacos ou são meio macacos e meio homens, mas nunca ouvi falar de nada como este aqui.

Ao dizer isso ele apontou para uma fabulosa criação do artista, que seria possível descrever como um tipo de dragão com cabeça de crocodilo.

— Mas agora vou mostrar a vosmecê a melhor de todas... aqui no meio — disse o velho, cuja voz ficou um pouco mais grossa e cujos olhos assumiram um brilho mais intenso; mas as mãos trêmulas, parecendo mais desajeitadas do que antes, estavam completamente adequadas para a sua missão: o livro caiu aberto, como se por vontade própria ou como se sempre fosse consultado naquela página específica, na página referente à Prancha XII, que mostrava um açougue da tribo canibal dos Anziques. Minha sensação de inquietude retornou, embora eu não a tenha demonstrado. O que era especificamente bizarro era que o artista tinha feito seus africanos

A GRAVURA DA CASA MALDITA

parecerem homens brancos. Os membros e os quartos pendurados pelas paredes do açougue eram assustadores, ao passo que o açougueiro empunhando seu machado era medonhamente incongruente. Mas meu anfitrião parecia se deliciar com a gravura na mesma intensidade com que eu a odiava.

— O que vosmecê acha disso... desse tipo não estamos a ver todo dia por aqui, não é? Quando vi essa gravura, disse a Eb Holt, "Aí está algo que faz o coração bater mais ligeiro". Quando leio nas Escrituras sobre matanças, como os Midianitas foram assassinados, eu penso em coisas, mas não tenho figuras dessas coisas. Mas aqui é possível ver perfeitamente como é. Acho que é pecaminoso, mas não estamos todos nós vivendo em pecado? Esse camarada sendo cortado aos pedaços me dá um arrepio toda vez que estou a olhar. Tenho de permanecer olhando para ele... Vosmecê viu onde o carniceiro cortou os pés dele? Ali está a cabeça, sobre o banco, com um braço ao lado, e o outro braço está no chão, do lado de onde o açougueiro está carneando.

À medida que o homem continuava resmungando em seu chocante êxtase, a expressão de seu rosto barbudo e de óculos ia ficando indescritível, mas sua voz diminuía em vez de aumentar de tom. Mal posso recordar minhas próprias sensações. Todo o terror que sentira antes assomou em mim de forma ativa e vívida, e eu sabia que odiava intensamente a velha e abominável criatura tão próxima de mim. Sua loucura, ou pelo menos sua parcial perversão, parecia acima de qualquer dúvida. Ele agora falava quase aos sussurros, com uma rouquidão que era mais terrível que um grito, e me fazia tremer ao escutá-la.

— Conforme dizia eu, é estranho como as ilustrações nos fazem pensar. Vosmecê sabe, meu jovem, aprecio especialmente esta aqui. Depois que Eb me deu o livro eu adquiri o costume de olhar para essa gravura longamente, em especial depois de ter ouvido o Pastor Clark fazer sermão aos domingos com sua grande peruca. Uma vez tentei algo estranho... Olhe, meu jovem, vosmecê não precisa ficar com medo. Tudo que fiz foi ficar olhando a gravura antes de abater as ovelhas para levar ao mercado. Abater as ovelhas ficava mais divertido depois de eu olhar a gravura.

Nesse ponto o tom da voz do velho ficou muito baixo, e em alguns momentos tão baixo que era quase impossível ouvir suas palavras. Ouvi a chuva e as batidas das janelas pequenas e imundas; percebi o rumor de um trovão se anunciando, o que era muito incomum para a estação. Houve um terrível relâmpago e o trovão fez tremer a casa em seus alicerces, mas o velho parecia não notar nada disso.

— Abater as ovelhas era mais divertido, mas vosmecê compreende, não era assim tão satisfatório. É estranho como uma ânsia toma conta da gente. Pelo amor de Deus, meu jovem, vosmecê não deve dizer nada a ninguém, mas juro por Deus que aquela gravura começou a me deixar faminto de alimentos que eu não podia cultivar nem comprar... Olhe, fique calmo, o que está incomodando vosmecê? Não fiz nada. Só fiquei pensando como seria se eu fizesse. Eles dizem que carne faz bem para o sangue e os músculos, renovando a vida, então fiquei me perguntando se um homem não viveria mais se comesse carne mais parecida.

A GRAVURA DA CASA MALDITA

Mas o velho não continuou. A interrupção não foi produzida por meu pavor, nem pela tempestade que rapidamente se intensificava, e em meio a cuja fúria eu logo depois abriria os olhos num deserto enfumaçado de ruínas enegrecidas. A interrupção foi produzida por um acontecimento muito simples, embora incomum.

O livro estava aberto entre nós dois, com a gravura se exibindo de forma repulsiva. No momento em que o homem sussurrou as palavras "carne mais parecida", um sutil ruído de líquido a gotejar se ouviu e algo apareceu na página amarelada do livro aberto. Pensei na chuva e em uma goteira no teto, mas a chuva não é vermelha. No açougue da tribo canibal dos Anziques uma pequena gota vermelha brilhou de forma pitoresca, emprestando vida ao horror da gravura. O velho viu aquilo e parou de sussurrar antes mesmo que minha expressão de horror o tornasse necessário. Ele viu aquilo e em seguida dirigiu os olhos para o chão do cômodo onde estivera uma hora antes. Segui o seu olhar e avistei bem acima de nós, no gesso solto do velho teto, uma grande mancha irregular, encarnada e úmida, que parecia se espalhar enquanto eu a observava. Não gritei nem corri, apenas fechei os olhos. No momento seguinte veio o titânico trovão dos trovões, fazendo explodir aquela casa maldita de segredos impronunciáveis e trazendo o oblívio, a única coisa que salvou minha vida.

HERBERT WEST
— REANIMADOR

TRADUÇÃO:
LENITA RIMOLI ESTEVES

I. DA ESCURIDÃO

DE HERBERT WEST, que foi meu amigo durante a faculdade e no período subsequente, posso falar apenas com extremo terror. Esse terror não se deve totalmente ao modo sinistro como ele desapareceu recentemente, mas foi engendrado por toda a natureza de sua vida profissional, tendo atingido seu pico pela primeira vez mais de dezessete anos atrás, quando estávamos no terceiro ano da Faculdade de Medicina da Universidade Miskatonic, em Arkham. Durante o tempo que passei com ele, o caráter prodigioso e diabólico de seus experimentos me deixava totalmente fascinado, e eu era seu companheiro mais próximo. Agora que ele se foi e o encanto foi quebrado, o medo real é maior. Lembranças e possibilidades são sempre mais medonhas que fatos.

O primeiro incidente horrível de nosso convívio foi o maior choque que jamais senti, e é com relutância que vou revisitá-lo. Como já disse, aconteceu quando estávamos na faculdade de medicina, onde West já se tornara conhecido por suas extravagantes teorias sobre a natureza da morte e a possibilidade de superá-la artificialmente. Suas visões, que eram amplamente ridicularizadas pelos professores e pelos colegas, baseavam-se na natureza essencialmente mecânica da vida e ocupavam-se de meios de operar o maquinário orgânico da espécie humana por uma ação química calculada após a falência dos processos naturais. Em suas experiências com várias soluções reanimadoras, ele havia matado e tratado um incontável número de coelhos, porquinhos-da-índia, gatos, cães e macacos, até se transformar no aluno mais inconveniente da faculdade. Em várias ocasiões ele havia realmente obtido sinais de vida em animais supostamente mortos, em muitos casos sinais violentos; mas ele logo constatou que a perfeição desse processo, se de fato possível, envolveria necessariamente toda uma vida dedicada à pesquisa. Da mesma forma, para ele ficou claro que, como a mesma solução nunca funcionava da mesma maneira em diferentes espécies orgânicas, ele necessitaria de sujeitos humanos para obter um progresso maior e mais especializado. Foi a essa altura que ele começou a entrar em conflito com os superiores da faculdade e foi proibido de fazer novas experiências por ninguém menos que o reitor em pessoa, o douto e benevolente Dr. Allan Halsey, cujo trabalho em favor dos enfermos é relembrado por todos os habitantes antigos de Arkham.

Eu sempre fora excepcionalmente tolerante com as ambições de West, e nós com frequência discutíamos suas teorias, cujas ramificações e corolários eram praticamente infinitos. Acreditando como Haeckel que toda vida é um processo químico e físico e que o que se chama de "alma" é um mito, meu amigo acreditava que a reanimação artificial dos mortos pode depender apenas da condição dos tecidos e que, a não ser que a real decomposição tenha se instalado, um cadáver plenamente equipado de órgãos pode, com medidas adequadas, ser colocado em funcionamento mais uma vez no peculiar modo denominado vida. De que a vida psíquica ou intelectual poderia ser prejudicada pela mínima deterioração das delicadas células do cérebro causada mesmo por um curtíssimo período de morte, West tinha total consciência. A princípio, ele alimentava a esperança de encontrar um reagente capaz de restaurar a vitalidade antes do real advento da morte, e foram apenas os repetidos fracassos com animais que o convenceram de que os movimentos vitais naturais eram incompatíveis com os artificiais. Ele então passou a buscar espécimes extremamente recentes, injetando suas soluções no sangue deles imediatamente após a extinção da vida. Foi essa circunstância que tornou os professores tão indiferentemente céticos, pois eles achavam que a verdadeira morte ainda não havia ocorrido. Eles não se detinham para analisar a questão de forma detalhada e racional.

Pouco depois que os professores proibiram seu trabalho, West me confidenciou sua resolução de conseguir cadáveres humanos recentes de alguma outra forma e continuar em segredo as experiências que não podia mais realizar abertamente. Ouvi-lo discutindo formas e meios era assustador, pois na faculdade nós nunca tivéramos de obter espécimes anatômicos por nossa própria conta. Toda vez que o necrotério se mostrava inadequado, dois habitantes locais cuidavam do assunto, e eles raramente eram questionados. West era nessa época um jovem pequeno, magro e de óculos, com traços delicados, cabelo loiro, olhos azul-claros e uma voz suave, e era esquisito vê-lo ponderar sobre os relativos méritos do Cemitério Christchurch e os da vala comum. Finalmente decidimos pela vala comum, porque quase todos os corpos no Christchurch eram embalsamados, algo sem dúvida danoso para as pesquisas de West.

Por volta dessa época, eu era seu ativo e dedicado assistente, que o ajudava a tomar todas as decisões, não apenas com relação à origem dos corpos, mas também sobre um local adequado para nosso repugnante trabalho. Fui eu que pensei na abandonada propriedade rural Chapman, além de Meadow Hill, onde adaptamos no térreo uma sala de operações e um laboratório, ambos com cortinas escuras para ocultar nossos afazeres noturnos. O local era distante de qualquer estrada e não havia nenhuma casa ali por perto, porém as precauções eram necessárias, já que boatos sobre estranhas luzes, espalhados por eventuais vagantes noturnos, logo poderiam arruinar nosso projeto. Ficou acordado que, se alguém descobrisse algo, classificaríamos a coisa toda como um laboratório químico. Pouco a pouco equipamos nosso sinistro recanto científico com materiais comprados em Boston ou sorrateiramente tomados de empréstimo da faculdade — materiais que cuidadosamente tornamos irreconhecíveis, a não ser para olhos treinados — e adquirimos pás e picaretas para os muitos enterros que deveríamos fazer no porão. Na faculdade usávamos um incinerador, mas o aparelho era muito caro para nosso laboratório clandestino. Os corpos eram sempre um estorvo — mesmo os dos porquinhos-da-índia usados nas desimportantes experiências secretas realizadas no quarto de pensão de West.

Seguíamos as notas de falecimento como demônios caçadores de cadáveres, pois nossos espécimes deviam ter qualidades particulares. O que queríamos eram cadáveres enterrados logo após a morte e sem nenhuma preservação artificial; de preferência livres de malformações e com certeza contendo todos os órgãos. Vítimas de acidentes eram as mais desejadas. Passaram-se várias semanas sem que ficássemos sabendo de alguma coisa adequada, embora conversássemos com os responsáveis dos hospitais e necrotérios, no pretenso interesse da faculdade, sempre que era possível fazê-lo sem levantar suspeitas. Constatamos que a faculdade tinha preferência em todos os casos, de forma que poderia ser necessário permanecermos em Arkham durante o verão, quando eram ministrados apenas alguns cursos de férias. No final, entretanto, a sorte nos favoreceu, pois certo dia ouvimos sobre um caso praticamente ideal na vala comum; um trabalhador musculoso que se afogara na manhã anterior no Lago Sumner e fora enterrado às expensas da prefeitura sem demora e sem embalsamamento. Naquela tarde encontramos a nova sepultura e decidimos começar o trabalho logo após a meia-noite.

Foi uma tarefa repulsiva que desempenhamos nas primeiras horas da madrugada, embora naquela época não tivéssemos ainda o terror específico de cemitérios que as experiências posteriores inculcaram em nós. Carregamos pás e lanternas furta-fogo a óleo, pois, embora naquela época já se fabricassem as elétricas, elas não eram tão satisfatórias quanto as lanternas de tungstênio produzidas nos nossos dias. O processo do desenterro foi lento e sórdido — poderia ter sido assustadoramente poético se fôssemos artistas em vez de cientistas —, e ficamos felizes quando nossas pás bateram contra a madeira. Quando o caixão de pinho foi totalmente descoberto, West desceu na cova e removeu a tampa, retirando e levantando o conteúdo. Eu me abaixei e ergui o conteúdo para fora da cova, e em seguida nós dois trabalhamos com afinco para devolver àquele local sua aparência anterior. Aquela atividade nos deixou muito nervosos, principalmente a forma enrijecida e a face vazia de nosso primeiro troféu, mas conseguimos remover todos os vestígios de nossa visita. Depois de socarmos a última pazada de terra, colocamos o espécime num saco de lona e partimos para a velha propriedade Chapman que ficava além de Meadow Hill.

Em uma improvisada mesa de dissecção na antiga propriedade rural, sob a luz de uma poderosa lâmpada de acetileno, o espécime não tinha uma aparência muito espectral. Era o cadáver de um jovem robusto e aparentemente prosaico do tipo plebeu saudável — porte grande, olhos cinzentos, cabelo castanho —, um animal forte sem sutilezas psicológicas e que provavelmente tinha processos vitais do tipo mais simples e saudável. Agora, com os olhos fechados, mais parecia estar adormecido do que morto, mas logo o teste especializado de meu amigo não deixou dúvida alguma a esse respeito. Finalmente conseguíramos o que West sempre desejara: um verdadeiro homem morto do tipo ideal, pronto para a solução que fora preparada de acordo com os mais cuidadosos cálculos e teorias para o uso humano. De nossa parte, a tensão ficou muito grande. Sabíamos que havia pouquíssima chance de algo parecido com um êxito completo, e não conseguíamos afastar terrores hediondos de possíveis resultados grotescos de animações parciais. Em especial, estávamos apreensivos com relação à mente e aos impulsos da criatura, já que nos instantes após a morte algumas das mais sensíveis células cerebrais poderiam muito bem ter sofrido deterioração. Eu, por mim, ainda alimentava algumas noções curiosas sobre a "alma" tradicional do homem e sentia certo assombro ao imaginar segredos que pudessem ser revelados por uma pessoa que retornasse do reino dos mortos. Eu ficava imaginando que imagens aquele plácido jovem poderia ter visto em esferas inacessíveis e o que poderia relatar se fosse completamente restaurada sua vida. Mas minha curiosidade não era esmagadora, já que na maior parte do tempo eu partilhava do materialismo de meu amigo. Ele estava mais tranquilo que eu quando injetou uma grande quantidade de seu fluido em uma veia do braço do cadáver, imediatamente atando a incisão de forma segura.

A espera foi medonha, mas West jamais fraquejou. De quando em quando ele colocava o estetoscópio sobre o espécime e aceitava os resultados negativos estoicamente. Depois de cerca de três quartos de hora sem o mínimo sinal de vida ele, desapontado, declarou que a solução era inadequada, embora estivesse determinado a aproveitar ao máximo a oportunidade e a tentar uma alteração na fórmula antes de descartar nosso assustador troféu. Naquela tarde, tínhamos cavado uma cova no porão e teríamos de preenchê-la antes do amanhecer — pois, embora tivéssemos colocado uma tranca na casa, queríamos evitar até mesmo o mais remoto risco de uma desastrosa descoberta. Além disso, o corpo já não estaria nem um pouco fresco na noite seguinte. Assim, pegando a solitária lâmpada de acetileno no laboratório contíguo, deixamos nosso silencioso hóspede sobre a mesa no escuro e empregamos todas as nossas energias no preparo de uma nova solução; a pesagem e medição foram supervisionadas por West com um cuidado que beirava o fanatismo.

O medonho acontecimento foi totalmente repentino e inesperado. Eu despejava algo de um tubo de ensaio em outro, e West estava ocupado junto a uma lamparina de álcool que substituía o bico de Bunsen naquele edifício desprovido de gás quando, na sala que tínhamos deixado e que estava completamente mergulhada na escuridão, explodiu a mais apavorante e demoníaca sucessão de gritos que nós dois jamais ouvíramos. Igualmente indescritível teria sido o caos de sons horripilantes se o próprio inferno se abrisse para libertar de suas profundezas a agonia dos condenados, pois em uma única e inconcebível cacofonia se concentrou todo o terror elevado e toda agonia desnatural da vida animada. Humano aquilo não poderia ter sido — não está no homem produzir tais sons — e sem nem pensar em nossa mais recente ocupação ou sua possível descoberta tanto West quanto eu saltamos pela janela mais próxima como animais atacados, derrubando tubos de ensaio, lamparinas e retortas, e adentramos loucamente o abismo estrelado da noite rural. Acho que nós gritamos enquanto nos dirigíamos frenéticos para a cidade, embora quando atingimos os arrabaldes tenhamos assumido uma aparência de comedimento — apenas o suficiente para parecermos dois festeiros chegando tarde de uma farra.

Não nos separamos e conseguimos chegar ao dormitório de West, onde ficamos cochichando com o gás ligado até o amanhecer. Mas a essa altura já tínhamos nos acalmado um pouco com teorias racionais e planos de investigação, de modo que conseguimos dormir todo o dia — ignorando as aulas. Mas na noite seguinte duas reportagens no jornal, sem nenhuma relação de uma com a outra, impediram nosso sono mais uma vez. A antiga e abandonada propriedade Chapman tinha inexplicavelmente se incendiado, restando apenas escombros disformes; aquilo nós pudemos entender, em virtude da lamparina derrubada. Além disso, tinha havido uma tentativa de violação de uma cova recente na vala dos comuns, como se alguém tivesse inutilmente tentado remover a terra sem nenhuma pá ou instrumentos, apenas com as unhas. Aquilo não pudemos entender, pois tínhamos socado a terra com bastante cuidado.

E por dezessete anos depois daquilo West constantemente olhava por sobre os ombros e reclamava de passos que o perseguiam. Agora ele desapareceu.

II. O DEMÔNIO DA PESTE

Nunca me esquecerei daquele terrível verão dezesseis anos atrás quando, feito um gênio mau vindo dos salões de Éblis, a febre tifoide começou a rondar Arkham sorrateiramente. É por esse flagelo satânico que a maioria dos cidadãos recorda esse ano, pois o terror verdadeiramente pairava com suas asas de morcego sobre as pilhas de caixões nos túmulos do Cemitério Christchurch; no entanto, para mim, havia um terror maior naquela época — um terror que só eu conheço agora que Herbert West desapareceu.

West e eu estávamos cursando disciplinas de especialização na faculdade de medicina durante as férias. Da experiência anterior, ficara a lição de que o corpo não estava suficientemente fresco. É óbvio que para recobrar seus atributos mentais normais um cadáver precisa estar muito, muito fresco; e o incêndio da velha propriedade rural nos havia impedido de enterrar a coisa. Teria sido melhor se tivéssemos a certeza de que ela estava sob a terra.

Depois daquela experiência, West abandonou suas pesquisas por algum tempo; mas, à medida que o entusiasmo do cientista nato foi lentamente retornando, ele mais uma vez se tornou inconveniente para os professores da faculdade, implorando para usar a velha sala de dissecção e obter espécimes humanos recentes para o trabalho que ele considerava tão incontestavelmente importante. Seus pedidos, entretanto, foram de todo em vão, pois a opinião do Dr. Halsey era inflexível, e os outros professores todos ratificavam o veredito do líder. Na radical teoria da reanimação, eles não viam nada além dos devaneios de um jovem entusiasta cuja silhueta delgada, cabelo louro, olhos azuis atrás de óculos e voz suave não deixavam entrever o poder superdotado, quase diabólico, do frio cérebro em seu interior. Posso vê-lo agora da forma como era naquela época e diante dessa imagem tremo. Ele ganhou uma expressão mais séria, mas nunca envelheceu. E agora houve a intercorrência no Manicômio de Sefton, e West desapareceu.

HERBERT WEST — REANIMADOR

West se desentendeu violentamente com o Dr. Halsey perto do final de nosso último ano de graduação em uma áspera troca de palavras que o desfavoreceu muito mais do que ao gentil reitor no quesito cortesia. Meu amigo se sentia impedido de modo gratuito e irracional de avançar em um trabalho de suprema grandiosidade; um trabalho que ele poderia sem dúvida conduzir como quisesse em anos posteriores, mas que queria iniciar enquanto ainda tinha à mão as excepcionais instalações da universidade. Que os decanos, mergulhados que eram nas tradições, ignorassem seus singulares resultados com animais e persistissem em negar a possibilidade da reanimação era indizivelmente lamentável e quase incompreensível para um jovem com o temperamento lógico de West. Apenas a maior maturidade pôde ajudá-lo a entender as limitações mentais crônicas do tipo "Professor Doutor" — produto de gerações de puritanismo patético; amável, consciencioso e algumas vezes gentil e amigável, mas sempre de mente estreita e intolerante, escravo dos costumes e sem perspectiva. A idade é mais caridosa para com esses personagens que, apesar de sua alma elevada, são incompletos, cujo pior vício é a timidez, e que são enfim ridicularizados por todos em virtude de seus pecados intelectuais — pecados como o ptolemaísmo, o calvinismo, o antidarwinismo, o antinietzscheanismo e todo tipo de sabatismo e legislação suntuária. West, jovem apesar de suas admiráveis conquistas científicas, tinha pouquíssima paciência com o bom Dr. Halsey e seus colegas eruditos, alimentando um ressentimento crescente, aliado a um desejo de provar àquelas obtusas sumidades suas teorias de alguma forma impressionante e dramática. Como a maioria dos jovens, ele se entregava a elaborados sonhos de vingança seguida de triunfo e um magnânimo perdão no final.

E então chegara o flagelo, sarcástico e letal, saído das cavernas aterrorizantes do Tártaro. West e eu tínhamos acabado de nos formar por volta do início da calamidade, mas tínhamos ficado para fazer mais alguns cursos de verão, de modo que estávamos em Arkham quando ela se alastrou pela cidade com uma fúria demoníaca. Embora ainda não fôssemos médicos licenciados, agora tínhamos nosso diploma, e fomos intensamente pressionados a atuar no serviço público à medida que crescia o número de pessoas afetadas. A situação estava praticamente fora de controle, e as mortes eram por demais frequentes para que os agentes funerários locais dessem conta de todos os cadáveres. Enterros sem embalsamamento eram realizados um atrás do outro, e mesmo a área pública do Cemitério Christchurch estava lotada de caixões com mortos não embalsamados. Essa circunstância não deixou de gerar seus efeitos em West, que frequentemente pensava na ironia da situação: tantos espécimes frescos e nenhum deles para suas ambicionadas pesquisas! Estávamos absurdamente sobrecarregados de trabalho, e a terrível pressão mental e física lançava meu amigo em meditações mórbidas.

Mas os gentis inimigos de West não estavam menos assoberbados por exaustivos deveres. A faculdade de medicina praticamente fechara, e todos os professores da instituição estavam ajudando a combater o tifo. O Dr. Halsey, em particular, havia se destacado por sua dedicação, aplicando seu extremo talento com benevolente energia a casos que muitos outros evitavam por causa do perigo ou por considerá-los perdidos. Antes que se passasse um mês, o destemido reitor já se tornara um herói popular, embora parecesse ignorar sua fama enquanto lutava para não entrar em colapso por fadiga física e exaustão nervosa. West não podia deixar de admirar a resistência de seu inimigo, mas por causa disso ficou ainda mais determinado a lhe provar que eram verdadeiras suas surpreendentes doutrinas. Aproveitando-se da desorganização tanto no trabalho dos professores da faculdade quanto nas esferas da saúde municipal, certa noite ele conseguiu obter o cadáver de um homem recentemente morto e trazê-lo às escondidas até a sala de dissecção da faculdade e na minha presença injetou nele uma fórmula modificada de sua solução. A criatura realmente abriu os olhos, mas apenas olhou para o teto com um olhar de terror paralisante antes de cair numa inércia da qual nada pôde despertá-lo. West disse que o corpo não era fresco o suficiente — o calor do verão não favorece os cadáveres. Naquela ocasião quase fomos pegos antes de o incinerarmos, e West duvidou que fosse recomendável repetir a ousadia de utilizar o laboratório da faculdade daquela forma escusa.

A epidemia atingiu seu pico em agosto. West e eu estávamos quase mortos, e o Dr. Halsey realmente morreu no dia 14. Todos os alunos compareceram ao apressado funeral que aconteceu no dia 15 e compraram uma coroa imponente, que apesar disso foi ofuscada pelas homenagens enviadas pelos ricos cidadãos de Arkham e pela própria municipalidade. Foi quase um acontecimento público, pois o reitor certamente fora um benfeitor público. Após o enterro nós estávamos um pouco deprimidos e passamos a tarde no bar do Mercado; ali, West, embora chocado pela morte de seu maior opositor, distraiu a nós todos com menções a suas teorias infames. A maioria dos alunos foi indo para casa ou para seus vários afazeres à medida que a tarde avançava; mas West me convenceu a ajudá-lo a termos uma "noite memorável". A senhoria de West nos viu chegar a seu dormitório cerca de duas horas da madrugada junto, com um terceiro homem, e disse ao marido que nós três tínhamos evidentemente jantado e bebido muito bem.

Aparentemente, a acídula matrona estava certa, pois às três horas da madrugada a casa foi despertada por gritos vindos do quarto de West, onde eles nos encontraram depois de arrombarem a porta: estávamos inconscientes sobre o tapete manchado de sangue, surrados, arranhados e agredidos, e com os cacos dos recipientes e instrumentos de West ao nosso redor. Apenas uma janela aberta atestava o que acontecera com nosso agressor, e muitos se perguntaram como ele estaria passando após o terrível salto do segundo andar que devia ter dado para chegar até o chão. Havia algumas roupas estranhas no quarto, mas West, ao recobrar a consciência, disse que elas não pertenciam ao estranho, sendo espécimes coletados para análises bacteriológicas nas investigações da transmissão de doenças causadas por germes. Ele solicitou que elas fossem queimadas assim que possível na espaçosa lareira. À polícia declaramos não saber nada sobre a identidade de nosso companheiro. Ele era, disse West de forma nervosa, um desconhecido simpático com quem fizéramos amizade em algum bar do centro, de cuja localização ele não se recordava. Todos tínhamos nos divertido muito, e

West e eu não queríamos que nosso companheiro brigão fosse perseguido.

Aquela mesma noite testemunhou o início do segundo horror de Arkham — o horror que para mim eclipsou a própria peste. O Cemitério Christchurch fora palco de um horrível assassinato, um vigia tendo sido rasgado até a morte de uma forma não apenas terrível demais para ser descrita, mas também que levantava dúvidas sobre a autoria humana do ato. A vítima fora vista com vida bem depois da meia-noite — o amanhecer revelou o caso indescritível. O gerente de um circo da cidade vizinha de Bolton foi interrogado, mas jurou que nenhum animal escapara da jaula em ocasião alguma. Os que encontraram o corpo observaram uma trilha de sangue que levava até a área pública, onde se via uma pequena poça vermelha sobre o concreto logo do lado de fora do portão. Uma trilha mais clara levava na direção do bosque, mas logo desaparecia.

Na noite seguinte os demônios dançaram sobre os telhados de Arkham, e uma loucura sobrenatural uivou no vento. Por toda a cidade em pânico vagara uma maldição que alguns diziam ser pior que a peste, e que outros sussurravam que era a alma demoníaca da própria peste encarnada. Oito casas foram invadidas por um ser inominável que espalhara a morte rubra no seu rastro — ao todo, dezessete restos de corpos mutilados e disformes foram deixados para trás pelo monstro mudo e sádico que rastejara às soltas. Algumas pessoas o tinham visto no escuro e disseram que era branco e parecia um macaco malformado ou um demônio antropomórfico. Ele não deixara para trás tudo o que atacara, pois algumas vezes sentira fome. O número de pessoas que matara foi catorze; três dos corpos estavam em casas acometidas pela peste e já não tinham mais vida.

Na terceira noite bandos exaltados de buscadores, liderados pela polícia, capturaram-no em uma casa da Crane Street perto do *campus* da Miskatonic. Eles tinham organizado a busca com cuidado, mantendo-se em contato por meio de estações telefônicas voluntárias, e, quando alguém no bairro da faculdade relatou ouvir algo arranhando uma janela fechada, a rede foi rapidamente acionada. Em virtude do alarme geral e das precauções, foram feitas apenas mais duas vítimas, e a captura foi realizada sem ferimentos importantes. A criatura foi finalmente detida por um tiro que não a matou e levada às pressas até um hospital das redondezas em meio à agitação e ao ódio de todos.

Pois era um homem. Isso ficou claro apesar dos olhos nauseabundos, da muda semelhança com um macaco e da selvageria demoníaca. Eles curaram seu ferimento e o transferiram para o manicômio em Sefton, onde ele ficou batendo a cabeça contra as paredes de uma cela almofadada por dezesseis anos — até um recente episódio, quando ele escapou em circunstâncias que poucos gostam de comentar. O que mais repugnara os perseguidores de Arkham fora algo que notaram quando a face do monstro foi limpa — sua desconcertante, inacreditável semelhança com um mártir erudito que se sacrificara pela cidade e fora enterrado apenas três dias antes — o falecido Dr. Allan Halsey, benfeitor público e reitor da Faculdade de Medicina da Universidade Miskatonic.

Para o desaparecido Herbert West e para mim a repulsa e o horror foram supremos. Eu estremeço esta noite quando penso naquilo; estremeço ainda mais do que naquela manhã quando West murmurou entre suas ataduras:

— Maldição, ele não estava suficientemente fresco!

III. SEIS TIROS À MEIA-NOITE

Não é comum que alguém dispare todos os seis tiros de um revólver de forma repentina quando um apenas provavelmente seria suficiente, mas muitas coisas na vida de Herbert West eram incomuns. Não é frequente, por exemplo, que um jovem médico recém-formado tenha de esconder os princípios que orientam sua seleção de uma casa e consultório, mas isso aconteceu com Herbert West. Quando ele e eu recebemos nossos diplomas e buscamos aliviar nossa pobreza nos estabelecendo como clínicos gerais, tomamos muito cuidado para não dizer que escolhemos nossa casa porque ela era bastante isolada e o mais perto possível da vala comum.

Uma omissão dessa natureza raramente deixa de ter uma causa, e esse era o caso da nossa; pois nossas necessidades resultavam de uma rotina de trabalho indubitavelmente impopular. Para todos os efeitos, éramos apenas médicos, mas sob as aparências estavam objetivos de consequências muito maiores e mais terríveis.

Gradualmente eu me tornara o inseparável assistente de West e, agora que estávamos formados, tínhamos de continuar juntos. Não foi fácil encontrar um bom emprego para dois médicos determinados a trabalhar juntos, mas finalmente a influência da universidade nos garantiu um cargo em Bolton, cidade industrial perto de Arkham, a sede da universidade. O Lanifício Bolton é o maior do Vale do Miskatonic, e seus funcionários poliglotas nunca são bem-vindos como pacientes dos médicos locais. Nós escolhemos nossa casa com o máximo cuidado, apoderando-nos finalmente de um chalé bastante precário no final da Pond Street, a uma razoável distância do vizinho mais próximo e separado da vala comum local apenas por um trecho de pastagens que era interceptado por uma nesga de floresta bastante densa que fica ao norte. A distância era maior do que desejávamos, mas não conseguiríamos nenhuma casa mais próxima sem passar para o outro lado das pastagens, que fica totalmente fora do bairro industrial. Entretanto, não estávamos tão insatisfeitos assim, porque não havia pessoas entre nós e nossa sinistra fonte de suprimentos. A caminhada era um pouquinho longa, mas podíamos arrastar nossos silenciosos espécimes sem amolações.

O número de nossos clientes foi surpreendentemente grande desde o início — grande o suficiente para deixar satisfeita a maioria dos jovens médicos, e grande o suficiente para se transformar em um encargo tedioso para estudantes cujo verdadeiro interesse era outro. Os operários do lanifício tinham inclinações meio turbulentas e, além de suas muitas necessidades naturais, suas constantes brigas e episódios de esfaqueamentos nos enchiam de trabalho. Mas o que realmente absorvia nossas mentes era o laboratório secreto que havíamos montado no porão — o laboratório com a longa mesa sob luzes elétricas, onde nas primeiras horas da madrugada com frequência injetávamos as várias soluções de West nas veias dos seres que arrastávamos da vala comum.

Tivemos boa sorte com os espécimes em Bolton — muito melhor do que em Arkham. Menos de uma semana após termos nos estabelecido, conseguimos a vítima de um acidente na própria noite do enterro e a fizemos abrir os olhos com uma expressão surpreendentemente racional antes que a solução falhasse. Ele tinha perdido um braço — se fosse um corpo perfeito talvez tivéssemos obtido mais sucesso. Entre esse dia e o janeiro seguinte obtivemos mais três: um fracasso total, um caso com perceptível movimento muscular e um outro ser bastante trêmulo — ele se levantou e emitiu um som. Em seguida veio um período em que a sorte foi ruim; os enterros escassearam, e aqueles que ocorriam eram de espécimes ou muito doentes ou muito mutilados para serem úteis. Nós mantínhamos o controle de todos os óbitos e suas circunstâncias com um cuidado sistemático.

Numa noite de março, entretanto, conseguimos inesperadamente um espécime que não veio da vala comum. Em Bolton, o espírito predominante do puritanismo tinha proibido o boxe como esporte — com o costumeiro resultado. Embates secretos e mal conduzidos entre os trabalhadores da fábrica eram comuns, e algumas vezes um talento profissional de baixa categoria era importado. Naquela última noite de inverno tinha havido uma luta desse tipo, obviamente com resultados desastrosos, já que dois tímidos polacos tinham vindo até nós com desconexos pedidos sussurrados para que atendêssemos um caso muito secreto e extremo. Nós os seguimos até um celeiro abandonado, onde o que restava de uma multidão de estrangeiros amedrontados observava uma forma negra e silenciosa sobre o chão.

A luta havia sido entre Kid O'Brien — um tosco e agora trêmulo jovem com um nariz aquilino nada irlandês — e Buck Robinson, "O Assombro do Harlem". O negro tinha sido nocauteado, e um minuto de exame nos mostrou que ele iria permanecer assim para sempre. Era um homem forte com corpo atlético, um deus de ébano cujo rosto sugeria sutis magias de mundos distantes e diabólicos rituais ao som de tambores noturnos. O medo se estampava em todos os rostos do deplorável grupo, pois ninguém ali sabia o que a lei lhes infligiria se o caso não fosse silenciado, e eles ficaram agradecidos quando West, apesar de meus arrepios involuntários, ofereceu-se para se livrar do corpo discretamente — com um propósito que eu conhecia muito bem.

Havia um claro luar sobre a paisagem sem neve, mas nós vestimos o corpo e o carregamos entre nós dois através de ruas e pastagens desertas, da mesma forma como tínhamos carregado um corpo semelhante numa abominável noite em Arkham. Chegamos a casa pelas pastagens que ficavam nos fundos, passamos com o espécime pela porta e com ele descemos os degraus do porão, após o que o preparamos para a experiência usual. Nosso medo da polícia era absurdamente grande, embora tivéssemos programado nossa viagem para evitar os vigias solitários daquele bairro.

O resultado foi desanimadoramente anticlimático. Apesar de sua aparência selvagem, nosso troféu não teve reação alguma a qualquer solução que injetamos em seu braço negro, soluções apenas preparadas com base na experiência com espécimes brancos. Dessa forma, as horas avançaram perigosamente para a aurora, e fizemos como tínhamos feito com os outros — arrastamos o corpo pelas pastagens até a nesga de bosque perto da vala comum e o enterramos lá no melhor tipo de cova que a terra congelada poderia oferecer. A cova não era muito funda, mas era tão boa quanto aquela do espécime anterior — aquele que se havia levantado e proferido um som. À luz de nossas lanternas furta-fogo, cuidadosamente a cobrimos com folhas de videiras mortas, certos de que a polícia nunca a encontraria em uma mata tão escura e densa.

No dia seguinte eu estava cada vez mais preocupado com a polícia, pois um paciente mencionara rumores de uma luta suspeita seguida de morte. West tinha ainda outra fonte de preocupação, pois havia sido chamado durante a tarde para atender um caso que terminou de forma muito ameaçadora. Uma italiana tinha ficado histérica por causa de seu filho desaparecido — um menino de cinco anos que se perdera no início da manhã e não voltara para jantar. A mulher tinha desenvolvido sintomas muito alarmantes já que sempre tivera o coração fraco. Era uma histeria muito tola, pois o menino já fugira muitas vezes antes, mas os camponeses italianos são muito supersticiosos, e aquela mulher parecia atormentada tanto por presságios quanto por fatos. Cerca de sete horas da noite, ela morrera e seu marido desvairado tinha feito um escarcéu tentando matar West, a quem culpava de modo irracional por não ter salvado a vida da mulher. Amigos o haviam segurado quando ele puxou um estilete, mas West partiu em meio aos gritos desumanos do homem, misturados a guinchos, maldições e juras de vingança. Em seu último estado de aflição, o infeliz parecia ter esquecido a criança, que ainda estava desaparecida enquanto a noite avançava. Houve conversas sobre vasculhar a mata, mas a maioria dos amigos da família estava ocupada com a mulher morta e o homem aos gritos. Tudo somado, a tensão nervosa que acometia West deve ter sido tremenda. Pensar na polícia e no italiano maluco lhe pesava muito.

Nós nos recolhemos por volta das onze, mas eu não dormi bem. Bolton tinha uma força policial surpreendentemente eficaz para uma cidade tão pequena, e eu não conseguia deixar de pensar na confusão que se seguiria se o acontecimento da noite anterior fosse descoberto. Isso poderia significar o final de nossa prática médica na cidade — e talvez a prisão para West e para mim. Eu não gostava daqueles rumores sobre uma briga que estavam circulando pelo local. Depois de o relógio ter dado três badaladas, a lua brilhou em meus olhos, e eu me virei sem me levantar para puxar a cortina. Então começaram as batidas constantes na porta dos fundos.

Fiquei na cama meio paralisado, mas logo ouvi West batendo na minha porta. Ele estava de roupão e chinelos e trazia nas mãos um revólver e uma lanterna elétrica. Pelo revólver pude deduzir que ele estava pensando mais no italiano maluco do que na polícia.

— É melhor descermos — sussurrou ele. — De qualquer jeito não adiantaria não atender, e pode ser um paciente; seria bem provável que um daqueles idiotas batesse na porta dos fundos.

Então ambos descemos os degraus na ponta dos pés, com um medo que era em parte justificado e em parte causado apenas pela alma das horas da madrugada. As batidas continuavam, ficando mais fortes. Ao chegarmos à porta eu a destranquei e abri com cuidado, e, quando o luar iluminou reveladoramente a silhueta da pessoa que estava ali, West fez algo peculiar. Apesar do óbvio perigo de atrair atenção e trazer sobre nossas cabeças a temível investigação policial — possibilidade que afinal de contas era felizmente afastada pelo relativo isolamento de nosso chalé —, meu amigo de súbito, de forma colérica e desnecessária, esvaziou as seis câmaras do tambor de seu revólver sobre o visitante noturno.

Pois o tal visitante não era nem italiano nem policial. Assomando medonhamente contra a lua espectral estava um gigantesco vulto disforme que só se pode imaginar em pesadelos — um monstro de olhos vidrados, negro como a noite, arqueado, coberto com porções de fungo, folhas e trepadeiras, desfigurado pelo sangue coagulado e tendo entre seus dentes brilhantes um terrível objeto cilíndrico que terminava em uma mãozinha.

IV. O GRITO DOS MORTOS

O grito de um homem morto aumentava aquele terrível pavor do Dr. Herbert West que ameaçou os últimos anos de nossa parceria. É natural que algo como o grito de um morto cause horror, pois não é algo agradável nem comum; mas eu estava acostumado a essas experiências, e por isso sofri mais nessa ocasião só por causa de uma circunstância em particular. E, como já deixei implícito, não era do homem morto em si que eu sentia medo.

    Foi no mês de julho de 1910 que nossa má sorte com relação aos espécimes começou a mudar. Eu fizera uma longa visita à casa de meus pais em Illinois e ao retornar encontrei West em um estado de singular alegria. Segundo me disse, entusiasmado, ele tinha, com toda a probabilidade, resolvido o problema da necessidade de cadáveres recentes por meio de uma abordagem sob um ângulo totalmente novo — o da preservação artificial. Eu já sabia que ele estava trabalhando com um novo e altamente incomum composto embalsamador e não fiquei surpreso com o fato de ele ter obtido sucesso; mas até ele me explicar os detalhes eu me sentia muito intrigado com relação a como esse composto poderia ajudar em nosso trabalho, já que a indesejável decomposição dos espécimes se devia em grande parte ao tempo transcorrido antes que conseguíssemos obtê-los. Isso, agora eu percebia, fora claramente reconhecido por West, que criara então seu composto embalsamador para uso futuro e não imediato, confiando ao destino que lhe fornecesse de novo algum cadáver recente e não enterrado, como havia acontecido anos atrás, quando obtivéramos o negro morto na luta de Bolton. Finalmente o destino fora bondoso, de modo que naquela ocasião jazia no laboratório secreto do porão um corpo cuja decomposição não poderia de modo algum se ter iniciado. O que aconteceria na reanimação, e se poderíamos esperar um retorno à vida de mente e racionalidade, West não se arriscava a prever. A experiência seria um marco em nossos estudos, e ele tinha reservado o novo corpo para meu retorno, de modo que nós dois pudéssemos partilhar o espetáculo da forma costumeira.

    West me disse como obtivera o espécime. Tratava-se de um homem vigoroso, um estranho bem-vestido que descera do trem e se dirigia a uma reunião de negócios no Lanifício Bolton. A caminhada pela cidade fora longa e no momento em que o viajante parou em nosso chalé para pedir informações sobre o caminho para a fábrica, seu coração começou a ficar muito sobrecarregado. Ele recusou um estimulante e caiu morto no momento seguinte. O corpo, como se poderia esperar, parecia a West um presente dos céus. Em sua rápida conversa, o estranho deixara claro que ninguém o conhecia em Bolton, e uma busca subsequente em seus bolsos revelou que se tratava de certo Robert Leavitt, de St. Louis, aparentemente sem uma família que pudesse fazer investigações imediatas sobre seu desaparecimento. Se esse homem não pudesse ser trazido de volta à vida, ninguém saberia de nossa experiência. Nós enterrávamos nossos materiais naquela densa nesga de mata entre a casa e a vala comum. Se, por outro lado, a vida dele pudesse ser restaurada, nossa fama seria estabelecida de forma brilhante e perpétua. Assim, Herbert West havia injetado no pulso do cadáver o composto que o manteria fresco para ser usado após minha chegada. O problema do coração presumivelmente fraco, que para mim punha em risco o sucesso de nossa experiência, não parecia incomodar West de forma intensa. Ele esperava finalmente obter o que nunca obtivera antes: o reacender de uma centelha de razão e talvez uma criatura revivida, normal.

Então, na noite de 18 de julho de 1910, Herbert West e eu estávamos no laboratório do porão observando uma figura branca e silenciosa sob a ofuscante lâmpada de arco voltaico. O composto embalsamador tinha funcionado surpreendentemente bem, pois, quando olhei fascinado aquele corpo robusto que jazera por duas semanas sem ficar rígido, fui levado a pedir a West a confirmação de que o homem estava realmente morto. Isso ele fez prontamente, me lembrando de que a solução reanimadora nunca fora usada sem cuidadosos testes com respeito à vida, já que não teria efeito se a vitalidade original não estivesse presente, minimamente que fosse. Enquanto West dava os passos preliminares, eu fiquei impressionado com a vasta complexidade da nova experiência, uma complexidade tão vasta que ele não poderia confiar a mãos menos delicadas que as suas. Proibindo-me de tocar o corpo, ele primeiro injetou uma droga no pulso logo abaixo do ponto onde sua agulha havia injetado o composto embalsamador. Essa droga, ele me explicou, era para neutralizar o composto e liberar o sistema para um relaxamento normal, de modo que a solução reanimadora pudesse funcionar livremente quando injetada. Um pouquinho depois, quando uma mudança e um leve tremor pareceram afetar os membros mortos, West forçou violentamente um objeto semelhante a um travesseiro sobre o rosto contorcido, e não o retirou até que o cadáver estivesse imóvel e pronto para nossa tentativa de reanimação. O pálido entusiasta aplicou então mais alguns testes perfunctórios, para ter certeza absoluta de que o homem estava morto, afastou-se satisfeito e finalmente injetou no braço esquerdo uma quantidade precisamente medida do elixir reanimador, preparado durante a tarde com um cuidado maior do que aquele que tínhamos tido desde os tempos da faculdade, quando nossas experiências eram ainda incipientes e incertas. Não posso descrever o suspense aflito com que aguardamos os resultados nesse primeiro verdadeiramente fresco espécime, o primeiro que nos dava de fato motivos para esperar que abrisse os lábios com um discurso racional, talvez para nos relatar o que havia visto do outro lado do insondável abismo.

West era materialista e não acreditava que existisse alma, atribuindo todo o funcionamento da consciência a fenômenos corporais; consequentemente, ele não esperava nenhuma revelação de segredos hediondos oriundos de precipícios e cavernas além da fronteira da morte. Eu não discordava inteiramente dele em termos teóricos, mas preservava vagos e indistintos resíduos da fé primeva de meus ancestrais, de modo que não podia deixar de olhar o cadáver com certa dose de espanto e terrível expectativa. Além disso, eu não conseguia apagar de minha lembrança aquele medonho grito inumano que ouvimos na noite em que tentamos nossa primeira experiência na casa rural abandonada em Arkham.

Muito pouco tempo se passara quando vi que a tentativa não seria um fracasso total. Um toque de cor tomou as faces que até aquele momento eram como cal e se espalhou sob a curiosamente ampla barba clara. West, que segurava o pulso direito para verificar se havia batimentos, de repente acenou com a cabeça de modo afirmativo; e quase simultaneamente uma névoa surgiu no espelho inclinado acima da boca do cadáver. Em seguida houve alguns movimentos musculares espasmódicos e então uma respiração audível e um arfar visível do peito. Olhei para as pálpebras fechadas e tive a impressão de detectar um tremor. Então elas se abriram, exibindo olhos que eram cinzentos, calmos e estavam vivos, apesar de não demonstrarem inteligência nem mesmo curiosidade.

Em um momento de transe fantástico, eu sussurrei perguntas nas orelhas que ganhavam cor, perguntas sobre outros mundos dos quais a lembrança ainda poderia estar presente. O terror que veio em seguida as afastou de minha consciência, mas acho que a última pergunta, que repeti, foi "Onde você esteve?". Ainda não sei se houve ou não resposta, pois nenhum som saiu daquela boca bem desenhada; mas o que sei é que naquele momento pensei claramente que os lábios finos se moviam em silêncio, formando sílabas que eu teria vocalizado como "somente agora", se essa frase tivesse algum sentido ou relevância. Naquele momento, como estou dizendo, eu me sentia em êxtase com a convicção de que o grande objetivo tinha sido realizado e que pela primeira vez um cadáver reanimado tinha proferido palavras inteligíveis motivadas pela verdadeira razão. No momento seguinte não restavam dúvidas sobre o triunfo, de que a solução tinha de fato realizado, pelo menos temporariamente, a missão completa de restaurar vida articulada e racional ao morto. Mas em meio àquele triunfo me atingiu o maior dos horrores — não horror do ser que falou, mas da ação que testemunhei e do homem com quem meu futuro profissional estava associado.

Pois aquele cadáver muito fresco, finalmente voltando com uma contração à consciência plena e aterradora e com os olhos dilatados diante da memória de sua última cena na terra, lançou suas mãos frenéticas em uma luta de vida ou morte com o ar; e, de súbito caindo em uma segunda e final dissolução da qual jamais retornaria, soltou o grito que vai ressoar eternamente em minha dolorosa lembrança:

— Socorro! Cai fora, seu demônio desgraçado do cabelo de milho! Leve essa agulha maldita para longe de mim!

V. O HORROR QUE VEIO DAS SOMBRAS

Muitos homens contaram coisas horrendas, não mencionadas pela imprensa, que aconteceram nos campos de batalha da Grande Guerra. Algumas dessas coisas me fizeram desmaiar, outras me convulsionaram com uma náusea devastadora, e outras ainda me fizeram tremer e olhar para trás por sobre os ombros no escuro; entretanto, apesar das piores dessas coisas, acredito que eu mesmo posso relatar a coisa mais horrenda de todas: o chocante, o monstruoso, o inacreditável horror que veio das sombras.

Em 1915 eu trabalhava como médico com a posição de primeiro-tenente de um regimento canadense em Flandres, sendo um dos vários americanos que precederam o próprio governo na luta gigantesca. Eu não tinha entrado para o Exército por iniciativa própria, mas isso fora um resultado natural do alistamento do homem de quem eu era o indispensável assistente: o celebrado cirurgião de Boston, Dr. Herbert West. O doutor West estivera ávido por uma oportunidade de servir como cirurgião numa grande guerra, e quando apareceu a chance ele me carregou consigo quase contra minha vontade. Havia motivos para eu me sentir feliz em deixar que a guerra nos separasse, motivos pelos quais eu julgava a prática da medicina e a companhia de West cada vez mais irritantes; mas, quando ele foi para Ottawa e por meio da influência de um colega conseguiu uma função médica com a patente de major, não pude resistir à imperiosa persuasão de alguém determinado a me fazer acompanhá-lo em minha função usual.

Quando digo que Herbert West desejava avidamente servir num campo de batalha, não quero dizer que ele fosse naturalmente bélico ou que estivesse ansioso pela segurança da população. Sendo ele sempre uma fria máquina intelectual, acho que secretamente zombava de meus casuais entusiasmos bélicos e minhas censuras à obtusa neutralidade. Havia, entretanto, algo que ele desejava na Flandres tomada pela guerra, e a fim de assegurar esse algo ele tinha de assumir uma aparente função militar. Isso foi após ele ter conseguido, pela primeira vez, reviver a qualidade do pensamento racional em um cadáver; e seu sucesso, obtido a tão repugnante custo, o havia endurecido completamente.

De seus métodos durante os cinco anos subsequentes nem ouso falar. Eu estava preso a ele pela simples força do medo, e testemunhei cenas que a boca humana não ousaria reproduzir. Pouco a pouco passei a considerar o próprio Herbert West mais horrível do que qualquer coisa que ele fizesse; foi aí que me dei conta de que seu antigo entusiasmo científico em prolongar a vida tinha sutilmente se degenerado numa simples curiosidade mórbida e diabólica, no gosto secreto por um pitoresco sepulcral. Seu interesse se transformou em uma compulsão demoníaca e perversa pelo que era atroz e repugnantemente anormal. Ele exultava impassível diante de monstruosidades artificiais que fariam homens absolutamente saudáveis caírem mortos de pavor e nojo; ele se tornou, por trás de sua pálida intelectualidade, um obstinado Baudelaire das experiências físicas; um lânguido Heliogábalo dos túmulos.

Perigos ele enfrentava inabalável; crimes ele cometia impassível. Julgo que o clímax chegou quando ele provou sua hipótese de que a vida racional pode ser restaurada e passou a buscar novas conquistas por meio da experimentação na reanimação de partes avulsas dos corpos. Ele tinha ideias tresloucadas e originais sobre a propriedade vital independente de células orgânicas e tecidos nervosos separados dos sistemas fisiológicos naturais, e atingiu alguns hediondos resultados preliminares na forma de tecidos imortais e artificialmente alimentados obtidos de ovos parcialmente chocados de um indescritível réptil tropical. Havia duas questões biológicas que ele estava absolutamente ansioso para provar: primeiro, se alguma consciência e ação racional é possível sem um cérebro, originada na espinha dorsal e em vários centros nervosos; e, segundo: se existe alguma relação etérea e intangível, distinta daquela das células materiais, que ligue as partes cirurgicamente separadas do que anteriormente foi um único organismo vivo. Todo esse trabalho de pesquisa exigia uma quantidade prodigiosa de carne humana recentemente abatida, e foi por isso que Herbert West entrou na Grande Guerra.

O evento fantasmagórico e impronunciável ocorreu numa meia-noite no final de março de 1915, em um hospital de campanha que ficava atrás das trincheiras em St. Eloi. Até agora fico me perguntando se teria sido algo além de um delirante sonho demoníaco. West tinha um laboratório particular no salão leste daquele prédio provisório que mais parecia um celeiro, que lhe fora atribuído quando ele alegou que estava criando novos e radicais métodos para o tratamento de casos de mutilação que, até aquele momento, eram considerados sem solução. Ali ele trabalhava como um açougueiro em meio a seus ensanguentados instrumentos; nunca consegui me acostumar com a frivolidade com que ele manipulava e classificava certas coisas. Às vezes ele realmente realizava milagres de cirurgia para os soldados; mas seus principais deleites eram de um tipo menos público e filantrópico, que exigiam muitas explicações para os sons que pareciam estranhos até em meio àquela babel dos condenados. Entre esses sons eram frequentes tiros de revólver, que com certeza eram bastante comuns em um campo de batalha, mas obviamente incomuns em um hospital. Os espécimes reanimados do Dr. West não se destinavam a uma longa existência nem a um grande público. Além de tecidos humanos, West empregava grandes porções do tecido embrionário do réptil que ele cultivara com resultados tão singulares. Era melhor que os tecidos humanos para manter vivos fragmentos separados de órgãos, e essa era agora a principal atividade do meu amigo. Em um canto escuro do laboratório, sobre uma estranha incubadora aquecida, ele mantinha um grande tanque coberto cheio dessa matéria celular do réptil, que se multiplicava e crescia túrgida e hedionda.

Na noite à qual me refiro, nós tínhamos um esplêndido novo espécime: um homem ao mesmo tempo fisicamente forte e de mentalidade tão elevada que um sistema nervoso sensível estava garantido. A situação era irônica, pois ele era o oficial que havia ajudado West a conseguir seu posto e que agora deveria ser nosso associado. Além disso, ele no passado estudara algo da teoria da reanimação, secretamente e sob a orientação de West. O Major Sir Eric Moreland Clapham-Lee, um militar condecorado por sua bravura em batalha, era o maior cirurgião de nosso grupo e fora enviado às pressas para o setor de St. Eloi quando chegaram ao quartel-general notícias sobre combates acirrados. Ele viera em um aeroplano pilotado pelo intrépido Tenente Ronald Hill, mas o avião foi abatido exatamente sobre o ponto onde deveria aterrissar. A queda fora um espetáculo horrendo; Hill ficou irreconhecível, mas do desastre resultou o grande cirurgião em um estado intacto, a não ser pelo fato de estar quase decapitado. West agarrou avidamente a criatura sem vida, que anteriormente fora seu amigo e colega de faculdade, e eu estremeci quando ele terminou de cortar a cabeça, colocou-a no demoníaco tanque cheio do viscoso tecido do réptil a fim de preservá-la para experiências futuras e passou a tratar do corpo decapitado na mesa de cirurgia. Ele injetou sangue novo, uniu certas veias, artérias e nervos no pescoço decapitado e fechou a medonha abertura com tecido enxertado de um espécime não identificado que vestira um uniforme de soldado. Eu sabia qual era sua pretensão: verificar se aquele corpo altamente organizado poderia demonstrar, sem a cabeça, alguns dos sinais de vida mental que haviam distinguido

Sir Eric Moreland Clapham-Lee. Antes um estudioso do fenômeno da reanimação, aquele tronco silencioso era agora repulsivamente convocado para exemplificá-lo.

Ainda posso ver Herbert West sob a sinistra luz elétrica no momento em que injetava sua solução reanimadora no braço do corpo decapitado. Não posso descrever a cena — eu desmaiaria se o tentasse, pois há loucura em uma sala cheia de peças sepulcrais classificadas, com sangue e restos humanos menores sobre o chão viscoso quase até a altura dos tornozelos e com medonhas anormalidades répteis germinando, borbulhando e cozinhando sobre um espectro trêmulo de chama verde--azulada em um canto escuro e afastado.

O espécime, como West observou repetidas vezes, tinha um esplêndido sistema nervoso. Muito se esperava dele; e, quando alguns movimentos espasmódicos começaram a ser observados, pude ver o interesse febril no rosto de West. Ele estava pronto, acho eu, para ver a prova de sua opinião cada vez mais forte de que a consciência, a razão e a personalidade podem existir independentemente do cérebro; que o homem não tem um espírito central que una tudo, mas é apenas uma máquina de matéria nervosa, com cada parte mais ou menos completa em si mesma. Em uma triunfante demonstração, West estava prestes a relegar o mistério da vida à categoria do mito. O corpo agora se contraía com mais vigor e sob nossos olhos ávidos começou a se levantar de uma forma aterradora. Os braços se agitavam de modo assustador, as pernas se encolhiam e vários músculos se contraíam em um tipo de convulsão repulsiva. Depois o ser decapitado ergueu os braços em um gesto que era indubitavelmente de desespero — um desespero racional, que aparentemente bastou para provar cada teoria de Herbert West. Com certeza, os nervos estavam recordando o último ato daquele homem em vida, a luta para se livrar do avião em queda.

O que se seguiu eu nunca saberei de forma decisiva. Pode ter sido apenas uma alucinação pelo choque causado naquele instante pela repentina e completa destruição do prédio em um cataclismo de bombardeio alemão — quem pode garantir que não tenha sido, já que West e eu fomos oficialmente os únicos sobreviventes? West gostava de pensar assim antes de seu recente desaparecimento, mas havia vezes em que ele não conseguia; pois era estranho que nós dois tivéssemos tido a mesma alucinação. A medonha ocorrência em si foi muito simples, sendo notável apenas por suas implicações.

O corpo sobre a mesa havia se levantado e tateado às cegas, e nós ouvimos um som. Eu não poderia chamar aquele som de voz, pois foi por demais assustador. E, apesar disso, seu timbre não era seu traço mais assustador. Nem a mensagem: ele simplesmente gritou: "Salte, Ronald, pelo amor de Deus, salte!". O mais assustador foi sua origem.

Pois o som viera do grande tanque coberto que estava naquele demoníaco canto povoado pela mais densa escuridão.

VI. AS LEGIÕES DOS TÚMULOS

Quando o Dr. Herbert West desapareceu um ano atrás, a polícia de Boston me interrogou querendo detalhes. Eles suspeitavam de que eu estava escondendo algo, e talvez suspeitassem de coisas piores; mas eu não podia lhes dizer a verdade porque eles não teriam acreditado. Eles de fato sabiam que West estivera ligado a atividades que vão além da crença dos homens comuns, pois as experiências dele na reanimação de cadáveres vinham sendo amplas demais para permanecerem em total segredo. No entanto, a última e devastadora catástrofe teve momentos de fantasia demoníaca que fazem que até mesmo eu duvide da realidade do que vi.

No desfecho do episódio da reanimação do Major Sir Eric Moreland Clapham-Lee, a bomba fora de certa forma clemente; mas West nunca teve plena certeza de que nós dois fôramos os dois únicos sobreviventes. Ele costumava fazer conjecturas arrepiantes sobre as possíveis ações de um médico sem cabeça com poderes para reanimar os mortos.

A última residência de West foi uma casa imponente e muito elegante, com vista para um dos mais antigos cemitérios de Boston. Ele escolhera o lugar por motivos puramente simbólicos e de fantasia estética, já que muitos dos túmulos eram do período colonial e, portanto, pouco úteis para um cientista que buscava cadáveres muito frescos. O laboratório era num subporão construído secretamente por homens contratados de outras regiões e continha um incinerador para o descarte silencioso e completo de corpos ou fragmentos e arremedos sintéticos de corpos, que acaso restassem das mórbidas experiências e malignos divertimentos do proprietário. Durante a escavação desse porão, os trabalhadores haviam encontrado uma parede extraordinariamente antiga, sem dúvida ligada ao velho cemitério, mas muito profunda para corresponder a qualquer sepultura conhecida de lá. Depois de vários cálculos, West concluíra que essa parede sinalizava alguma câmara secreta abaixo do túmulo dos Averills, cujo último sepultamento havia sido feito em 1768. Eu estava junto no momento em que ele examinou as paredes úmidas e salitrosas, que foram descobertas pelas pás e picaretas dos operários, e estava preparado para a repulsiva emoção que acompanharia o revelar de segredos de túmulos ancestrais; mas pela primeira vez a nova timidez de West sobrepujou sua curiosidade natural, e ele denunciou a degeneração de sua coragem quando ordenou que a parede permanecesse intacta e fosse novamente rebocada. Assim ela permaneceu até a última noite infernal: como parte da parede do laboratório secreto. Falo da decadência de West, mas preciso acrescentar que ela era algo puramente mental e intangível. Exteriormente ele era a mesma pessoa de sempre — calmo, frio, esbelto e de cabelo loiro, com óculos sobre os olhos azuis e um aspecto geral de juventude que os anos e os temores nunca pareciam mudar. Ele parecia calmo mesmo quando pensava naquele túmulo remexido e olhava por sobre o ombro; mesmo quando pensava no ser carnívoro mordendo e batendo a cabeça nas paredes do manicômio.

O fim de Herbert West começou numa noite em nosso escritório compartilhado, quando ele estava alternando seu curioso olhar entre mim e o jornal. Uma estranha manchete no meio das páginas amarrotadas captara sua atenção, e pareceu que uma indescritível garra titânica, vinda de dezesseis anos atrás, o alcançou. Algo terrível acontecera no Manicômio de Sefton, a cinquenta milhas dali, chocando a vizinhança e intrigando a polícia. Nas primeiras horas da madrugada, um grupo de homens silenciosos tinha entrado nas dependências e seu líder acordou os vigias. Era uma ameaçadora figura militar que falava sem mover os lábios e cuja voz parecia ligada de forma quase ventríloqua a uma imensa caixa preta que ele carregava. Seu rosto sem expressão era bonito e quase radiante, mas chocou o superintendente quando a luz do salão incidiu sobre ele — pois era um rosto de cera com olhos de vidro pintado. Algo inominável acontecera àquele homem. Um homem maior guiava os passos dele; um monstrengo repelente cujo rosto azulado parecia ter sido meio devorado por alguma doença desconhecida. O líder havia pedido a custódia do monstro canibal que viera de Arkham dezesseis anos antes; obtendo uma recusa, ele deu um sinal que precipitou uma confusão horripilante. Os demônios tinham espancado, pisado e mordido todos os funcionários que não fugiram, matando quatro e finalmente conseguindo libertar o monstro canibal. As vítimas que conseguiam recordar o evento sem histeria juravam que as criaturas haviam agido menos como homens do que como impensáveis autômatos guiados pelo líder do rosto de cera. Quando chegou socorro, todos os vestígios dos homens e de seu alucinado ataque haviam desaparecido.

Da hora em que lera a notícia até meia-noite, West ficou praticamente paralisado. À meia-noite a campainha tocou, sobressaltando-o terrivelmente. Todos os empregados estavam dormindo no sótão, de modo que fui atender a porta. Como eu disse à polícia, não havia nenhuma carroça na rua, mas apenas um grupo de figuras de aparência estranha carregando uma grande caixa quadrada que eles depositaram no corredor depois de um deles ter grunhido em uma voz muito artificial: "Expresso, pré-pago". Eles saíram da casa em fila num passo desajeitado; enquanto eu os observava se afastando, tive a estranha ideia de que estavam indo na direção do antigo cemitério que confinava com os fundos da casa. Quando fechei a porta, West desceu a escada e olhou a caixa. Ela tinha cerca de trinta centímetros de lado e trazia o nome correto de West e seu endereço atual. Trazia também a inscrição: "De Eric Moreland Clapham-Lee, St. Eloi, Flandres". Seis anos atrás, em Flandres, um hospital bombardeado havia caído sobre o corpo decapitado e reanimado do Dr. Clapham-Lee, e sobre a cabeça separada que, talvez, tivesse articulado alguns sons.

Nesse momento West não ficou sequer excitado. Sua condição era mais do que desesperadora. Rapidamente ele disse: "É o fim; mas vamos incinerar isto". Nós carregamos a coisa até o laboratório, sempre de ouvidos atentos. Não recordo muitos pormenores — é possível imaginar meu estado mental —, mas é uma deslavada mentira dizer que foi o corpo de Herbert West que coloquei no incinerador. Nós dois inserimos a caixa de madeira sem abri-la, fechamos a porta e ligamos a energia. E nenhum som veio da caixa.

Foi West quem notou primeiro o reboco caindo daquela parte onde a parede antiga do túmulo tinha sido descoberta. Eu ia correr, mas ele me deteve. Então vi uma pequena abertura negra, senti uma lufada infernal e gélida e expus-me ao cheiro de entranhas tumulares de uma terra em putrefação. Não se ouviu nenhum som, mas nesse momento as luzes elétricas se apagaram e vi se delineando, contra alguma fosforescência do mundo das trevas, uma horda de seres mudos e cambaleantes que apenas a insanidade, ou coisa pior, poderia criar. Seus traços eram humanos, semi-humanos, parcialmente humanos ou nem um pouco humanos — a horda era grotescamente heterogênea. Eles estavam silenciosamente retirando as pedras, uma a uma, da parede centenária. E então, à medida que a abertura foi ficando suficientemente grande, eles entraram no laboratório em fila única; guiados por um ser que avançava imponente com uma bonita cabeça feita de cera. Um tipo de monstruosidade de olhos alucinados atrás do líder agarrou Herbert West. West não resistiu nem proferiu nenhuma palavra. Então eles saltaram sobre ele e o fizeram em pedaços diante dos meus olhos, levando os fragmentos para a galeria subterrânea de assombrosas abominações. A cabeça de West foi levada pelo líder da cabeça de cera, que usava um uniforme de soldado canadense. Enquanto ele desaparecia, eu vi que os olhos azuis atrás dos óculos estavam brilhando de forma horrenda com seus primeiros toques de perceptível emoção frenética.

Os empregados me encontraram inconsciente pela manhã. West se fora. O incinerador continha apenas cinzas inidentificáveis. Os detetives me interrogaram, mas o que eu podia dizer? Eles não ligarão a tragédia de Sefton com West; nem aquilo, nem o homem com a caixa, cuja existência eles negam. Falei sobre a galeria, e eles apontaram para a parede coberta com o reboco e riram. Então eu não lhes disse mais nada. Eles supõem que eu seja louco ou assassino — provavelmente sou louco. Mas talvez eu pudesse não ser louco se aquelas malditas legiões dos túmulos não tivessem sido tão silenciosas.

© *Copyright* desta tradução: Editora Martin Claret Ltda., 2017.

Direção
MARTIN CLARET

Produção editorial
CAROLINA MARANI LIMA / MAYARA ZUCHELI

Projeto gráfico e capa
JOSÉ DUARTE T. DE CASTRO

Diagramação
GIOVANA GATTI QUADROTTI

Ilustração de capa e guarda
BABILÔNIA CULTURA EDITORIAL

Revisão
ANNA MARIA DILGUERIAN
ALEXANDER BARUTTI A. SIQUEIRA

Impressão e acabamento
GEOGRÁFICA EDITORA

A ortografia deste livro segue o novo Acordo Ortográfico da Língua Portuguesa.

Dados Internacionais de Catalogação na Publicação (CIP)
(Câmara Brasileira do Livro, SP, Brasil)

Lovecraft, H. P., 1890-1937.
Contos, volume I / H. P. Lovecraft – São Paulo: Martin Claret, 2017.

Vários tradutores.

1. Contos de terror   4. Contos norte-americanos   I. título
ISBN 978-85-440-0154-7

17-05229   CDD-813

Índices para catálogo sistemático:

1. Contos de horror: Literatura norte-americana   813

EDITORA MARTIN CLARET LTDA.
Rua Alegrete, 62 – Bairro Sumaré – CEP: 01254-010 – São Paulo – SP
Tel.: (11) 3672-8144 – www.martinclaret.com.br
Impresso – 2017

CONTINUE COM A GENTE!

- Editora Martin Claret
- editoramartinclaret
- @EdMartinClaret
- www.martinclaret.com.br